大方
sight

LOST&FOUND

失物招领

[澳] 布鲁克·戴维斯 著
林师祺 译

BROOKE DAVIS
A NOVEL

图书在版编目（CIP）数据

失物招领 /（澳）布鲁克·戴维斯著；林师祺译.
——北京：中信出版社，2018.3
书名原文：Lost & Found
ISBN 978-7-5086-8349-2

Ⅰ.①失… Ⅱ.①布…②林 Ⅲ.①长篇小说-澳大利亚-现代 Ⅳ.①I611.45

中国版本图书馆CIP数据核字（2017）第278919号

Lost & Found
Copyright © Brooke Davis 2014
Published by arrangement with Zeitgeist Media Group Literary Agency,
Through The Grayhawk Agency
Chinese simplified translation copyright © 2018 by CITIC Press Corporation
ALL RIGHTS RESERVED
本书仅限中国大陆地区发行销售
本著作译文之中文简体字版权由台湾爱米粒出版有限公司独家授权使用

失物招领

著　　者：[澳]布鲁克·戴维斯
译　　者：林师祺
出版发行：中信出版集团股份有限公司
　　　　　（北京市朝阳区惠新东街甲4号富盛大厦2座　邮编　100029）
　　　　　（CITIC Publishing Group）
承 印 者：上海盛通时代印刷有限公司

开　　本：880mm×1230mm　1/32　　印　　张：9.25　　字　　数：150千字
版　　次：2018年3月第1版　　　　　印　　次：2018年3月第1次印刷
广告经营许可证：京朝工商广字第8087号
京权图字：01-2017-7104
书　　号：ISBN 978-7-5086-8349-2
定　　价：42.00元

版权所有·侵权必究
凡购本社图书，如有缺页、倒页、脱页，由销售部门负责退换。
服务热线：400-600-8099
投稿邮箱：author@citicpub.com

谨献给爸妈

不知道还能用什么方法感谢你们创造了我

第一部分

米莉·伯德

米莉的狗狗兰博是第一个让她见识到死亡的动物。她看到它倒在路边的那个早晨，天空沉甸甸，浓雾如同鬼魅般盘旋在它变形的身躯上方。狗狗的下颚和眼睛都张得老大，似乎正在狂吠。兰博左后腿指向平常不会伸展的方向，雾气绕着他们飘，天空乌云密布，她怀疑兰博是不是就要变成大雨。

她把兰博放进书包拖进屋里，她的母亲才想到要告诉她世事运作的原理。

母亲用吸尘器清理起居室，大吼着，它去了更好的地方。

更好的地方？

什么？对！就是天堂，宝贝，你没听说过吗？那间该死的学校什么鬼都没教你吗？脚抬起来！就是狗狗的天堂，那里随时都有狗饼干可吃，想在哪里屙屎就在哪里屙屎。脚可以放下了。我说，脚可以放下来了！我不知道，也许它们拉出来的都是狗饼干,所以狗狗在那里就是屙屎、吃狗饼干、跑来跑去、吃其他狗狗拉出来的东西,也就是狗饼干。

米莉想了一想。那么狗狗为什么要在地球浪费时间?

什么?呃,它们必须先努力过。它们必须先待在地球,等人投票给它们去更好的地方,就像狗狗版的《幸存者》。

所以兰博在另一个星球啰?

呃,对,可以这么说。你真的没听过天堂?没听过上帝坐在云雾中,地下有撒旦这些事情?

我可以去兰博的新星球吗?

她的母亲关掉吸尘器,直勾勾地盯着米莉。除非你有太空船。你有太空船吗?

米莉盯着自己的双脚。没有。

那么你就不能去兰博的新星球。

几天后,米莉发现兰博绝对没去新的星球,其实,它就在他们家后院,被草草埋在《星期日时报》底下。米莉小心翼翼地掀开报纸,看到兰博,可是那不是兰博;体形缩得更小,已经腐烂,遭蛆虫啃噬。此后她每晚溜到院子里,直到狗狗的身体化为虚无。

第二次让她见识到死亡的则是马路对面的老先生。车子撞到他之后,她看着他飞到半空中,而且仿佛还看到他微笑。他的帽子落在"行人优先"路标上,拐杖在路灯下弹跳着。接着,就是他的身体撞上人行道。她穿过大人们的腿，不顾众人的惊叹声，跪在他的面前。她深深地望进他的眼眸，他回望的眼神如同画里的人。她的手指抚过老先生的皱纹，纳闷着他能拿每条皱纹做什么用。

后来有人把她抱走，要她遮住眼睛，因为她只是个孩子。她绕远路走回家时，心想，也许该问问爸爸人类天堂的事情。

小家伙，世界上有天堂，也有地狱。坏人就会下地狱，例如罪犯、骗子，还有停车巡查员。天堂呢就是好人去的地方，好比说你啊我啊，还有《厨艺大师》里面那个温柔的金发阿姨。

到了天堂之后呢？

上了天堂就和上帝、吉米·亨德里克斯[①]当朋友，随时想吃甜甜圈都可以。如果下地狱，你就得……呃，跳玛卡莲娜舞，而且要跳个不停，配乐还是《火爆浪子》主题曲。

又好又坏的人要去哪里？

什么？我不知道？宜家家居吗？

你可以帮我做太空船吗？

等一下，小家伙。能不能等下次广告再聊？

她很快就发现，周遭一切都在不断消逝、干枯。虫子、橙

[①] Jimi Hendrix（1942—1970），美国著名乐手，有吉他之神的称号。——译者注，下同。

子、圣诞树、房子、信箱、火车之旅、马克笔、蜡烛、老人、年轻人、不老也不年轻的人。她不晓得在"死掉的东西"本子里记录了二十七种生物之后——蜘蛛、鸟、奶奶、邻居小猫格特鲁德等——她的爸爸竟然也会被写进去。她用占了笔记本两页的超大字母写在二十八号的旁边：**我爸**。好一阵子她都不知道该怎么办，只能死命盯着这些字母，直到她想不起这些字的意义。她半夜假装自己已经睡着，其实就坐在父母卧室外的走廊上，拿着手电筒看着本子，听着母亲的气息。

等待的第一天

玩连连看时，米莉永远是"第一个点点"，妈妈是"第二个点点"，爸爸是"第三个点点"，这条线就从第一点的肚子往外延伸，连到第二个、第三个点点——这两人通常是看着电视——再接回来形成一个三角形。米莉会在屋里跑来跑去，红发在她的脑袋瓜上蹦蹦跳，三口之间的三角形在家具之间旋转。当妈妈说，拜托你别这样，小米莉，可以吗？三角形就会发出巨吼，变成巨大的恐龙。当爸爸说，过来坐在我旁边，小家伙，三角形就蜷缩成怦怦跳的大心脏。怦怦，怦怦，她低声轻语，笨拙地跟着心跳节奏蹦跳着。她就窝在第二个与第三个点点之间的沙发上，"第三个点点"握着"第一个点点"的手，眨眨眼。电视上闪动的画面在黑暗中照亮他的脸庞，怦怦，怦怦，怦怦。

"等待的第一天"，米莉就站在妈妈指定的地点，就在"大尺码女性内衣裤"附近，对面的塑胶模特儿穿着夏威夷衫。我马上回来，她的妈妈说，米莉相信她。"第二个点点"穿着金鞋子，那双总是让她的脚步声大如爆炸声的鞋子。她走向香水柜台——怦！——经过男装部——怦怦！——然后完全离开她的视线范围：怦怦啪啪！"第一个点点"与"第二个点点"之间的线越拉越长，米莉看着这条线越来越细，最后几乎完全消失在空气中。

怦怦，怦怦，怦怦。

此后米莉永远记得这个画面，记得母亲的身影越变越小，越变越小。在她一生中，这个画面会在不同时期重复出现在眼球后方。例如当电影中的人物说，我马上回来。当她四十岁时看着双手，却认不得那是自己的手。当她想到笨问题，却不知道世上有哪个人可以问。当她哭泣。当她大笑。当她希冀某件事。每当太阳没入水中，她总是没来由地感到恐慌。购物商场的自动门总令她焦虑。当某个男孩初次温柔地抚摸她，她便想象对方消失在地平线彼端，远到她绝对够不着。

然而此时，她还完全不知情。

此刻，她只知道脚站得好酸。她拿下背包，爬到"大尺码女性内衣裤"架下。妈妈说，有些女人看不到自己的私处，因为她们吃了整桶的鸡肉。也许这些内衣就是给那些女人穿的。米莉从未见过整桶鸡肉。但是我希望，她轻柔地摸着内衣，大声说，有一天能看到。

坐在大尺码内衣裤底下很舒服。衣服挂得很低，就快碰到她的头，离她的脸好近，她都能闻到这些内衣裤的味道。她打开背包，拿出一盒妈妈帮她准备的冰果汁。她用吸管吸着饮料。在内衣裤空隙中，她看着人们的脚走来走去。有些要往某些地方去，有些哪里也不去，有些跳着舞，有些蹦蹦跳跳、拖着走，或是鞋子发出啾啾声。有小脚、大脚、不大也不小的脚。有球鞋、高跟鞋、凉鞋。有红鞋、黑鞋、绿鞋。但是没有金色鞋子，没有大如爆炸声的脚步。

一双蓝色橡胶靴缓慢地踏过。她低头看着自己的鞋。我知道你很嫉妒，她对鞋子说。可是我们必须留在这里，妈妈说的。她伸长脖子，看着那双橡胶靴蹦蹦跳跳走向玩具区。好吧，她说。她从背包里拿出"死掉的东西"本子，撕了一张纸写下，妈妈，我马上回来。对折，放在妈妈指定她站好的地方。

她带自己的橡胶靴去遛一遛。搭着手扶梯上上下下，先是慢慢走，然后蹦蹦跳跳，接着又像女王般挥手。她坐在手扶梯顶端，看着阶梯吞噬它们自己。如果电扶梯的阶梯不能及时摊平呢？她问自己的橡胶靴，想象着梯级从手扶梯往外溅到走廊上。她想和每个经过她身边的人四目相交，每次这么做，面前的空气就像妈妈看的老电影一般跳动着。她兀自和某个男孩玩着躲猫猫，当米莉告诉他，她找到他了，他的反应是问她头发为什么这副德行，然后用食指画圈圈。

它们是芭蕾舞演员，她说，晚上会从我头上跳下来，跳舞给我看。

噗呼，他说，头下脚上地拿芭比娃娃砸变形金刚，同时还喷着口水发出爆炸的声音。才怪。

米莉坐在女子更衣室的地板上。我知道你可以去哪里买内衣，她对在镜子前面的女子说，对方不断转身，仿佛要把自己钻进地里。不好意思，你哪位？女人说。米莉耸耸肩。两位女士在某个更衣间的门后交谈，米莉从门和地板之间的空隙看到她们的脚，一双赤脚和亮晶晶的 UGG 雪靴。请不要误会我，UGG 靴子似乎这么说。你真认为珊瑚色适合你吗？脚趾缩起来。我以为这是粉红色，它们仿佛这么回话。

米莉和坐在更衣室外的男人一起等，他们都坐在椅子上等女人，从皮包和纸袋后面探头探脑，犹如受惊的小动物。附近墙上都贴着女孩们穿着内衣欢笑、拥抱的海报，男人偷偷瞄着海报上的女孩。米莉想到，那些超大的内衣可能就是给这些巨大的女孩穿的。

她隔壁的光头男子正在咬指甲,你见过桶装的鸡肉吗?她问。他把手放在膝盖上,用眼角瞄她。我只是坐在这里等我老婆,孩子,他说。

她站在洗手间烘干机底下,因为她喜欢风呼呼吹过头发的感觉,那就像在高速公路上把头探出车窗外,感觉也像是超人绕着地球飞。人们一伸出手,烘干机怎么知道要开始送风呢?这真是太神奇了,但是洗手间的女人没注意到,只是惊慌地盯着镜子,想在别人发现之前先找出自己哪里不对劲。

坐在百货公司咖啡馆外围的盆栽后面,她看着马克杯里的咖啡冒着热气。长得像圣诞老公公的男人和脸颊超级超级红的女士越过咖啡,凑向彼此。他们一句话也没说,杯中的蒸气亲吻着他们,在他们脸颊旁和头上轻舞。另一名男子正在用餐,一眼也没瞧过自己妻子,旁边那杯咖啡的水蒸气在空中画出绝美的形状。米莉从未看过这种形状,难道还有其他尚未出现的形状吗?带着吵闹孩子的母亲的咖啡蒸气会呼吸,还会发出疲倦的长叹。

角落有个男子的脸如同树皮。他穿着红色背带和紫色西装,双手捧着咖啡杯,仿佛要阻止杯子飞走。有只苍蝇停在她眼前的植物上。如果每样东西都能飞呢?看着苍蝇在叶丛间跳跃,她悄悄地对自己的橡胶靴说。晚餐也许会飞进你的嘴里,天空覆满树木，街道还会交换位置，而且某些人可能还会晕船，飞机也不特别了。

树皮脸男子用力吹，咖啡都溅到杯外，蒸气也一分为二，有些往前飘，有些往上飞。他往杯子里盯了几分钟，又再次吹气。

他起身，还得两手放在桌上，才能把千头万绪的自己撑起来。他笔直走过米莉身边，她想与他对望，但是他始终没抬头。那只苍蝇跟着他，在他周遭嗡嗡飞，他伸手往大腿打去，苍蝇应声落地。

米莉手脚并用地爬向苍蝇，两手把它舀进掌心。她把苍蝇捧到面前，又握紧手，起身看着树皮脸男子的背部，目送他拖着脚步走出咖啡馆与商场大门。

米莉在"大尺码女性内衣裤"部门找到背包，拿出"以防万一"玻璃瓶放在两个膝盖中间，转开盖子，将苍蝇放进去。转紧盖子之后，她又拿出"死掉的东西"笔记本和马克笔。第二十九样，她写下，百货公司的苍蝇，字体写得特大的爸爸还从前页透出来。她用马克笔拍打着自己的橡胶靴，拿起玻璃瓶凑到面前。走道对面的塑胶模特儿从内衣裤的空隙里俯视她，他身上的鲜蓝色衬衫有黄色棕榈树，眼镜后方的眼睛似乎很大，仿佛离她只有几厘米。她移动某件内衣裤，只让自己看到塑胶模特儿的膝盖。

米莉拿着玻璃瓶，整个下午都在找金色鞋子。天色渐晚，最后一扇门关上,一切都陷入一片漆黑——空气、声音、地球——全世界仿佛都打烊。她把脸压在玻璃窗上,双手做成望远镜的模样,看着人们走回车上,带着丈夫、妻子、女友、男友、小孩、奶奶、女儿、父亲和母亲。所有车都开走,一辆都不留下,最后停车场空荡荡,看得她眼睛都痛了。她爬回"大尺码女性内衣裤"部门,从背包里拿出三明治,边吃边从内衣裤空隙里看着塑胶模特儿。他也回望她。哈啰,她低语,却只听到展示柜灯光的低沉嗡嗡声。

等待的第二天

以前米莉认为无论在哪里睡着,最后一定会在自己的床上醒来。她在餐桌上、邻居家的地板上、演出的车上睡着,醒来一定盖着自己的被子,头顶绝对是卧房的天花板。有一晚,她在从车里被抱进屋内的途中醒来。半睁眼的她看着爸爸,原来一直都是你啊,她对着他的肩膀轻声说。

"等待的第二天",米莉听到高跟鞋喀喀喀地向她走来。她半夜躺成大字形,双脚伸到衣架外。这时她把膝盖靠拢到胸前,抱着膝盖,屏住呼吸,看着高跟鞋喀喀喀地走远。喀喀喀喀。

那双鞋又黑又闪亮,红色的脚趾头往外窜,犹如想爬进鞋子的瓢虫。

她的妈妈为何整晚把她丢在内衣裤部门?

米莉抱着肚子,透过内衣裤的空隙往外望。她知道母亲为什么把她留在这里,却不愿意多想,所以也就不深思。塑胶模特儿依旧看着她,她对他挥手,动作小心翼翼,指头一根根往下垂,最后握成拳头。她还不确定自己想不想当他的朋友,她穿上橡胶靴,从内衣裤底下爬出来,抬头看她昨晚留给母亲的告示牌。

我在这里,妈妈。

她拿下来,折好放进背包。树皮脸男子走向她,拖着脚步经过她身边,笔直走向咖啡馆。米莉跟上,从盆栽后方观察他。他坐下的模样仿佛很痛,接着便盯着他的咖啡。米莉走过去,一只手放在他的手上。

你见过整桶鸡肉吗?她问。

男子先看她的手,才抬头看她。见过,他回答,然后抽出手,手指轻敲着桌子。

怎么样?米莉坐在他对面。是什么样子呢?

就如同字面上的意思,他说。

米莉咬着下唇。你认识的人当中有很多死了吗?她问。

每个都死了,他盯着咖啡。

每一个?

对,你呢?他的手指依旧敲着桌子。

有二十九样,她说。

可还真多。

对。

他在椅子上往前倾,你几岁?他问。

米莉两手在胸前交抱。你又是几岁?

我先问的。

我们一起说。

八十七岁。

七岁。

他在椅子上往后靠。七岁?

米莉点头。还多半岁,其实快八岁了。

你好小。

你好老。

他脸上的酒窝渐渐苏醒。你的靴子很配我的背带,他指指自己的背带。

你的背带很配我的靴子。米莉看着他的手,你说话时为什么要敲东西?

那不是敲东西,他敲着,我在打字。

打什么?

打我说的每句话。

你说的每句话?

我说的每句话。

那我说的话呢?

我就不打了。

你要吃吗?她指向一个松糕。

他把盘子推到她面前。

米莉把松糕塞进嘴里。你为什么不喝咖啡?她满嘴食物,把咖啡推向他。

我不要。他推回去。

米莉双手握着杯子,脸凑过去,感受到水蒸气飘到她的下巴。那你干嘛点?

手才有地方握。

米莉微笑,喔。她把双脚放到椅子上,下巴就搁在膝头上。桌上摊着一长串塑胶方块,每个大小相当于她的指尖。那是什么?

他耸肩。

你不知道?

他再一次耸肩。

米莉的身子往前探。这是电脑键盘的按键,她说。就像电脑键盘上的那些。她双手环抱胸前,只是这些按键不在键盘上。

对，他说。

你还是知道的嘛，她说。

这些都是破折号，来自不同的键盘。坐在椅子上的他往前靠，你知道什么是破折号吗？

也许。

人们用这种符号把两个单字连接成一个词。

例如说？

例如……他沉思了一会儿。

快乐——悲伤？米莉说。

不太算。

饥饿——想睡？

不是，他说。例如外卖（take-away），或是蓝眼睛（blue-eyed）。

不是快乐——悲伤？

不是。

怎么会有这么多？有许多小方块一个挨一个地接成长长的直线。

我收集啰。

为什么？

一定要收集些什么东西才行。

米莉想到她的"死掉的东西"笔记本，我收集死掉的东西，

米莉·伯德

她说。

他点点头。

她一边直视他,一边用食指把某个按键推出去,它架空在其他按键上,似乎正要后空翻。树皮男子动也不动。它们也可以连接数字,她说,不是只能连接单字。她又弹出另一个按键,它滑过桌子,最后停在桌边。他倒吸一口气,看着按键摇摇欲坠,最后落到他的腿上。

不要这样,他说,然后把按键捡起来,放回直线里。

你从哪里弄来的?

借来的。

向谁借?米莉看到有把螺丝起子从他的外套口袋里露出来。

他一手放在螺丝起子上,不让米莉看到。没有人会怀疑老人家,他说,表情似笑非笑。我们可以说是隐形人。

你叫什么名字?

专业打字员卡尔。你呢?

就是米莉。

你妈妈呢,贾斯特·米莉?[①]

她快来了,她穿金色鞋子。说到金色鞋子时,米莉觉得"第

---

① 原文为 Just Millie,卡尔误以为 Just 也是米莉的名字,所以叫她贾斯特·米莉。

二个点点"扯动线条,她只好捧着肚子。她在椅子上变换姿势,然后把玻璃瓶放到桌上。你昨天制造了一样死掉的东西。

卡尔拿起瓶子端详。是吗?他轻敲玻璃瓶。

米莉点头,我要帮它办葬礼。

米莉第一个办葬礼的主角是被她爸爸鞋子踩死的蜘蛛。妈妈两脚乱跳地说,哈利,你不弄死那只蜘蛛,我就打死你。她爸从椅子上站起来,脱掉鞋子,打在墙壁上。

一下。

两下。

三下。

四下。

蜘蛛从墙壁上滑落到地上。她爸抓起蜘蛛的一只脚,丢到门外,继续坐回去看电视。他对房间另一头的米莉眨眨眼,她却无法眨回去。

她看着爸爸看完整整三个节目才开口。

可以帮蜘蛛办葬礼吗?她等到片尾字幕播映时才说,就像帮奶奶办的那个一样。

人类才有葬礼,小米莉,他边选台边说。或许狗狗也有。

马呢?

马儿也有,他说,有个板球选手正在推销维生素。

猫呢?

有。

蛇?

没有。

为什么?

没有为什么。屏幕上有部车子开在蜿蜒的山路上,全家人相视而笑,每个人都有闪亮的白牙。

树呢?

没有。

为什么?

没有为什么。

蜈蚣呢?植物呢?冰箱呢?

米莉!他说。只有人,或大型动物,就这样。

为什么?

否则每天都得没完没了地举办葬礼,这可不成。

为什么?

因为还有其他事情要做,他说。电视里有个人直视她,大吼大叫地说着手机的事情。

当晚,她在背包里放进所有需要的物品,从床底下拿出手电筒,蹑手蹑脚地从前门溜出去。她在车道边的草地上找到那

失物招领

只蜘蛛,用双手捡起来。现在这只蜘蛛看起来不太一样,好像更小、更轻,还被太阳晒干。晚风绕着她的双手,被吹动的蜘蛛搔得她掌心发痒。

一阵大风咻一下把蜘蛛吹出她的手,米莉追着跑,看着蜘蛛被卷到空中。它衬着星空飞越她家的院子,飞到马路另一边,一路被吹到空地。月光照亮蜘蛛的轮廓,远方的黑色夜空似乎覆满被月光照亮的蜘蛛。

风来得快,也停得突然,蜘蛛如同落下的星辰般掉在地上。

空地中央有棵树木,那是她见过最高大的树,比她爸还要高出许多。她把蜘蛛放进背包,爬到树顶。月亮感觉近在眼前,她似乎可以拿来转着玩。米莉跨坐在树枝上,背靠着树干,从包包里取出蜘蛛、"维吉麦"① 的旧瓶子、一坨线球、一个浮水蜡烛、火柴和一张厚纸板。

米莉看了蜘蛛最后一眼,才把它放进铺了卫生纸的"维吉麦"瓶子里。她点上蜡烛,也放进瓶子里。接着在瓶子顶端绑上线,打了结,另一端则穿过厚纸板的孔。她把线绑在树枝上,吊在树枝下的玻璃瓶就像灯笼,跟着树枝的动静微微摆动。小小的厚纸板上写着她整齐的笔迹,蜘蛛,出生年份不详,死于

---

① Vegemite,一种发酵食品,涂在饼干、吐司上食用,可以说是澳大利亚代表性食品。

2011 年。

  米莉的手指在蜘蛛在世的年份上摩挲着，手指画过去又画过来，画过去又画过来。好奇怪，她心想，这条线——这条笔直的线——就足以代表蜘蛛的一生。

专业打字员卡尔

以下是卡尔对葬礼的认识

卡尔从未对伊芙说过她的葬礼。有什么必要？说出口实在太困难了，那些字句在他口中就像镇纸。他只知道，他要她活得比他久。

因此他的儿子帮他筹办葬礼，卡尔则忙着记得如何起床、刷牙、梳理发线和咀嚼。葬礼本身漫长、缓慢，又不断重复。仪式开始之前，有人来拥抱他，他们一个接一个过来，还都是他不太熟识的人。他努力别碰到对方脸颊，把手放在妻子以外的人背上也很不对劲。

卡尔坐在最前排，注视着棺材，几乎完全屏住呼吸。自己在她不能呼吸时还吸气吐气，感觉好奇怪。棺材盖子上放着大量鲜花，他希望棺材打开，伊芙从里面跳出来：意外吧！她还得先跳过花束。

如果这是恶作剧，他低语，我也不会生气。

他记得起立听某人念颂文，对方是伊芙唯一还活着的老同事。他们的朋友不断过世，仿佛大家都置身战场似的：死在超市、草地滚球场；在养老院、医院里渐渐失去生命力。然而这个女人还活着，一如上帝的恩典般站在演讲台前，真希望你死掉。

他走向棺材。小伊，他低语，绕着棺材走，手指拂过边缘。四周的人们交头接耳，但是声音仿佛在几英里之外。他的脸紧贴着松木棺盖，闭上眼睛深呼吸。小伊，他再次轻声说，嘴唇凑在松木上。他非搞清楚不可，因此抓住盖子，打开棺材。

躺在里面的她已经过世，这点毋庸置疑，那张如同岩石的脸庞是他前所未见的，然而他的手就是无法从棺材边缘挪开。牧师拉他手肘也没办法劝他，强风从门口吹进来时无法改变他的心意，棺材盖子突然戏剧性地用力关上，以致压到他的手指，他还是紧抓着棺木。他察觉不到痛楚，因为全身早已痛苦不堪。

他想打字，但是他们不让，因为人们握着他的手止血，他只好喊出来，只好尽可能地大声呐喊。

我在这里，小伊。我永远都在这里。

米莉·伯德

你有些手指的指尖不见了,他们走出咖啡馆时,米莉抓过他的手说。

是啊,他回答,轻敲着她的手指。是啊。

有时大人脸上会出现他这种嘴唇线条,那就表示他们现在不愿意讨论这件事情,也许一生都不肯再提。所以她把疑问留在心里,归档到以后再细想的部位。她牵着他的手时不断摩挲他残存的手指。他咬指甲咬得太厉害,结果把手指也咬掉?有一家子老鼠趁他睡觉时吃了他的手指?还是他不听话,所以手指被人砍掉了?米莉记得,母亲就曾经这么威胁过她,当时她边看《与星共舞》①,边用手指轻敲着餐盘。我会扯断那些东西,她妈说,脸都没转过来。不要挑战我。米莉没挑战她——

---

① Dancing with the Stars,美国国家广播公司的舞蹈比赛节目。

她无心挑战她——还坐在手指上,免得它们未经她同意就去考验谁。

米莉带着卡尔走到"大尺码女性内衣裤"部门,甩开他的手,钻到衣架底下。她推开内衣裤,好让卡尔看到她。

你在那里做什么,贾斯特·米莉?他说。

我说过啊,她转开玻璃瓶的盖子,然后打开背包,拿出"葬礼铅笔盒"。随后又取出小蜡烛、火柴,放在地上。她盯着这些东西看,过了一会儿之后又拿给卡尔。可以麻烦你吗?拜托?

他环顾四周。我们可以点火吗?

可以,她说。

卡尔似乎考虑了片刻,然后点点头。米莉看着烛芯儿着火,然后捧着自己的胃,咬紧牙齿,试图别想起"等待的第一天前的那晚"。她试图把这件事情归到脑袋里永远记不住任何东西的部位。她把瓶子递给卡尔,请放进去,她说。

卡尔小心翼翼地把蜡烛放进瓶子里,再还给米莉。她把瓶子挂在衣架上,苍蝇就悬挂在一排肤色内衣裤后方。

你必须说几句话,她对卡尔说。

我?卡尔指着他自己。

对,你,米莉指着用手指着他自己的卡尔。全怪你,是你害死一样东西。你不觉得难过吗?她的思绪飘离当下,看着爸爸用鞋子打死蜘蛛。当时他难过吗？

当然，卡尔手叉腰。当然，他重复。可是，他深呼吸，那是只苍蝇。

对。米莉点头，你说得对，是只苍蝇。

卡尔低头看米莉。

米莉抬头看卡尔。

卡尔叹息。我该说什么？

你希望别人在你葬礼上说什么？

卡尔盯着自己的脚。恐怕没有人会说什么。

反正，米莉双手抱胸，你得说几句话就对了。

你怎么这么了解这些事情？

你怎么不了解？她说。

米莉确知的世间事之一

每个人都知晓有关出生的所有事情，但对死亡却一无所知。

这件事情总让米莉吃惊。学校里有些书里的妈妈都有透明的肚子，所以她总想掀开孕妇的衣服，看看她们是不是怀了宝宝，肚子就变透明。她认为这也有道理，胎儿才有机会在出生前看看这个世界，就像搭玻璃船一样，否则岂不吓坏他们！如果不预先看到，这个世界该有多可怕啊。米莉也看过某些漫画，书里的情侣彼此相爱,男生因此送鱼给女生,鱼儿便游入女生体内产卵,最后那些鱼卵就成为宝宝。她知道宝宝是从尿尿的地方出生的,但是她没看过相关的图片。后来米莉到海里游泳,总是仔细检查尿里有没有娃娃。以。防。万。一。

大人希望她知道这些事情,否则不会拿这些书给她看。但是从来没有人,一个也没有,给她看过关于死亡的书。到底有什么不可告人的秘密?

好吧,卡尔说。这只苍蝇,众人爱戴,无人忘怀。他清清喉咙,天佑女王,他低声轻唱,几乎连米莉都听不到。

大声一点,米莉说,他也照办:祝她万寿无疆,天佑女王。他唱歌时,米莉透过内衣裤空隙看着人们走过的脚,有些人走近时加快速度,有些放慢脚步,有双鞋子则是完全停下来。赐她胜利——他现在扯开喉咙大声唱,酒窝又彻底苏醒——快乐与荣耀,长做我们的王。卡尔挥舞手臂,手指在空中打字。天佑女王,然后一鞠躬。那双鞋子——黑色、宽阔、笨重——依然停在走道上,一脚轻敲地面。米莉把膝盖缩到胸前。

请问你唱完了吗,先生?女人问。

卡尔往鞋子的方向看,瞪大眼睛。是的,谢谢,先生。我是说,谢谢女士!应该说,小姐。

一双手抓住卡尔,把他推向走道。女人说,我们走。卡尔说,不好意思,先生!我是说小姐。小姐!我非常抱歉,我不是故意这么说。我的意思不是说你像男人!

米莉的身体靠向衣架中央的杆子。卡尔说,真的,你很像女人。然后一遍遍地说,不好意思,最后她再也听不到他的声音。附近有个女人说,这是在瞎闹什么啊?米莉边把"葬礼用具"收回包包里,边默念着瞎闹。她把背包拉到身边,尽量缩小身体,就像卡在母亲肚子里的胎儿。米莉的脸压着金属杆,压得脸颊凉冰冰。放苍蝇的瓶子在不存在的和风中摇摆,烛光制造的光影一会儿消失,一会儿又出现。她的手指穿过空气,感觉什么也没抓到,空气却是所有人的维生要件。

为什么像是什么也没抓到呢?

塑胶模特儿依旧透过女用内裤的缝隙盯着她,她也迎视对方。她喜欢它永远注视着她,仿佛它永远不会让笨重鞋子带走米莉。

米莉就用这个姿势坐到黑夜再度降临百货公司,双脚在橡胶靴中冒汗,两个膝盖都黏在一起。瓶子里的蜡烛持续烧着,但是也快烧光了;女用内裤在忽明忽灭的光影下似乎每件边缘紧紧相连,成了一件宇宙无敌大的内裤。这条超级内裤就绕着她的脑袋瓜转啊转,越来越接近,米莉确定它就要裹住她,闷死她。此时瓶子里的烛光熄灭,米莉吸了太多空气,双颊也已经布满泪痕。她把脸埋在膝盖上，用力闭上眼睛。

她听到脚步声，心想，金色鞋子，金色鞋子，金色鞋子，气息也开始颤抖，就像老人超大声地呼吸，只为了让人知道他们还有一口气；然而来人根本不是她妈，因为脚步滑过地板，妈咪走路不是那个模样。步伐逐渐靠近她，手电筒照得四处通明，而且现在就照到放苍蝇的玻璃瓶，脚步离她非常近，光线依然停在瓶子上，来人已经完全站定。手电筒就像打在苍蝇身上的聚光灯，也像是要用光束把苍蝇拉到船上的外星太空船，米莉必须屏住喘息，光束才不会把她也带走。

她的眼角越过手电筒光线瞥到某样东西，女用内衣裤部门外面闪过一道光，塑胶模特儿看着她，他的眼睛不知为何瞪得更大，米莉的腹部似乎被扯动，感觉像是"第三个点点"，但是那绝对不可能，接着塑胶模特儿往前倒。有着滑行步伐的人大叫一声，噢！手电筒掉到地上，塑胶模特儿也落地，目光依旧注视着她。被手电筒照亮的他仿佛身在舞台，米莉觉得脸上泛起微笑，她用手指轻触嘴巴。她也想摸摸塑胶模特儿的脸孔，因为被照得很亮的他正冲着她笑。

米莉确知的世间事之二

有妈妈很重要。

失物招领

　　妈妈会帮忙送外套，在你上床前打开电毯，永远比你更清楚你想要什么。电视里播出《平民大富翁》①时，她们偶尔还会让你坐在腿上玩手上的戒指。

　　米莉的母亲永远像是屋里的一阵风。她不是忙着洗罩衫、烫内衣，就是擦台灯、讲电话、扫车道或用布罩住什么东西。她的头发总是热汗淋漓，还有点长短不齐；声音犹如小提琴，仿佛永远都在努力抬重物。米莉总是妨碍到妈妈，无论她多么努力不挡路，因此她学会靠着墙壁坐，或是坐在角落、待在屋外、躲在草丛里或是坐在树上。

　　有时，出门之前，米莉的妈妈会进浴室，但是时间并不长。米莉在门外竖起耳朵，里面传出铿铿锵锵、喷洒挤压的声音，仿佛是间小工厂。母亲再出来时，脸上一定有颜色，发型就像杂志里的照片。她身上的甜味，如同有味道的影子般紧紧相随。

　　某天，米莉的妈妈到隔壁找邻居，她就跪在浴室地板上，打开洗手台下方的柜子。里面有些用品会挤压出东西，有些会倒出液体，全都耐心地待在柜子里。她在冰冷的瓷砖上把它们排成一列，依序由小排到大。她看着这群化妆品观众良久，才清清喉咙说，嗯哼。

　　米莉拿起口红涂在耳垂，拿香水对着空中喷了又喷，只为

---

① Deal or No Deal，源于荷兰的游戏节目，许多国家制作了当地版本。

了观赏水雾。她将睫毛膏刷在脸颊上，腮红抹在指甲上。妈妈突然出现在门口，米莉想靠墙坐，别挡住妈妈，但是她双手放在米莉胳肢窝，一把抱起她放在椅子上，用毛巾把她的脸蛋擦干净。母亲把她的头发梳直，口红涂在她的嘴唇上，在睫毛上刷了某样东西，又拿了一样东西扑扑她的脸颊。妈妈离她如此之近，她把米莉转到镜子前时，声音充满笑意。看见没？米莉看见了，她看到只要自己愿意，就能变成完全不同的人。"焕然一新"，"更加光鲜"。

如今是她"等待的第二晚"，米莉决定把自己变得"焕然一新"，"更加光鲜"。她希望妈妈走向她说，不好意思，小姐，我正在找一个小孩。你见过吗？此时米莉就拿下帽子，用手背擦掉口红说，妈！是我啊，是米莉·伯德啊！她的母亲便会大笑，一把抱起她回到车上，米莉则挥别百货公司。咖啡馆再见，巨大的内裤再见，盆栽再见，卡尔再见，塑胶模特儿再见，母亲会开车载她回家，米莉会坐上料理台，和妈妈一起切蔬菜准备晚餐。

因此她努力找来最美丽的洋装——是黄色，摸起来就像白云——直接套在衣服上。她走向化妆品柜台，小小的黑色塑胶盒鱼饵般挂在金属钩上。她取下够得到的产品，仔细涂上口红、眼影，照母亲示范的方法抹上腮红。米莉得站在一堆书上才照得到镜子，然而她一次也没掉下来。看见没？她对塑胶模特儿说。她找到一顶软趴趴的红帽子，搭上绿色指甲油。看着自己的橡胶靴，她知道鞋子可能会暴露身分，但是她不肯脱掉，绝对不脱。米莉用胶布在两只鞋子底下各缠上四个火柴盒小汽车，然后到处溜。

她溜过胸罩部门，那里吊了好多件，仿佛等着上阵的士兵似的排排站。米莉看得出神，回想起她看到妈妈走出淋浴间，湿漉漉的头发披在脑袋上，皮肤散发着热气。乳房水球般挂在身体前方，她从淋浴间走到更衣室的路上，两边乳房试图互相撞击。她穿上胸罩肩带时，瞥到米莉的目光。你有一天也会长胸部，她妈妈说。

米莉不想要，一点都不想。她在爸爸的床头桌抽屉里看到过某些杂志，那些女人的乳房往前凸出，似乎可以像拿掉胸针似的把那对东西取下。它们看起来不可预料，需求无度。而且有一天下午，他们家厕所里躲了一个"不是妈妈的裸女"，你没看到我，孩子，她说。她的乳头犹如磁铁般吸引了米莉的目光，米莉心想，可是我看到了。

她溜到桌游部门，把游戏一盒盒取下，然后排在塑胶模特儿面前。总共有"扭扭乐"、"大富翁"、"猜猜我是谁"、"老鼠迷宫"、棋盘、西洋双陆棋、"超级战舰"、"手术台"、拼词游戏、"喂食小河马"和"四子棋"。其实任何一种她都不知道怎么玩,因此她帮塑胶模特儿丢一次骰子,再帮自己丢一次,然后把所有零件到处移动,战舰想攻下公园大道,"猜猜我是谁"的小人去参观"老鼠迷宫",小河马则吃着棋子。

你敲了他的头之后,我就去跟踪他,她对塑胶模特儿说,用胸罩遮住自己的嘴,肩带在后脑勺打个结。这样才卫生,她解释,声音有点模糊,想到了她妈妈看过的医院剧集。他进去那里,她指着商场后方的办公室。然后在"手术台"病人身上放进拼词游戏的字母。他把冰敷袋放在头上,她小心翼翼地从"手术台"病人的胃部拿走字母 M。然后他就睡着了,钥匙插在门上。她举高钥匙,咧嘴笑,我把门上锁。拍拍塑胶模特儿的脑袋。谢谢你帮我,她在他的耳边轻声说。

晚餐时分,米莉邀请"猜猜我是谁"的人物纸牌、塑胶模特儿、玩具马共餐——如果还有其他人全身上下只有一张脸,"猜猜我是谁"的人物可能就不会那么不好意思了——还有和兰博如出一辙的玩具狗。她把它们放在家具部门最大的餐桌边,那张桌子至少是他们家餐桌的两倍大,桌上也没有马克杯杯痕、蜡烛,桌脚也没有米莉的名字,而且所有餐巾、餐垫、餐盘、碗都是白色,还都长得一模一样。

她把塑胶模特儿放在桌首的椅子上,兰博就放在餐垫上。"猜猜我是谁"的人物纸牌和小马在桌子另一头盯着她看,她喜欢它们注视她的模样，仿佛希望她做些什么。好，她说完便溜走，回来时捧了满手的彩带。她把彩带撒在桌上，缠在椅子上，还在叉子上打蝴蝶结。

她在塑胶模特儿旁边为妈妈留了一个位子。

以。

防。

万。

一。

她拉开塑胶模特儿和兰博之间的椅子，拉好洋装，调整帽子。她觉得塑胶模特儿看着她。怎样？她说。她只是有事耽搁了，然后清清喉咙。亲爱的主啊，她双手合十祈祷，从半开的眼皮瞄塑胶模特儿。今晚我们准备了芬达当前菜，蛇、恐龙当主菜，沙拉是薄荷叶，甜点就是香蕉圣代。希望主没有意见。她在自己的杯子里倒进葡萄汁。首先，我们要敬酒。她起立敲敲所有宾客的玻璃杯，然后又敲了一遍，因为敲着敲着有种旋律，她越敲越快，绕着餐桌溜动，锵锵锵，然后又反方向溜回来，锵锵锵。

她没坐回椅子，反而坐上桌，因为她是"老大"。客人吃着饭，聊着隔壁家的狗在他们草地上乱大便，帕克太太每次都邮购昂贵化妆品，可是一点用都没有，阿布利特换了球队一定很后悔，因为新队员的球技和女孩子们一样蹩脚。然而塑胶模特儿从头到尾都看着她,眼睛一眨也不眨,自始至终一语不发。

米莉确知的世间事之三

她不知道父亲的尸体在哪里。

她到墓园探望爸爸的墓时,他就在墙上的小箱子里。爸爸那么高大,才塞不进去,她说。

这是魔法箱子,米莉的妈妈回答。

哪种魔法?

魔法就对了,好吗?

我可以看看箱子里面吗?

这样魔法就无效了。

就像圣诞老人?

对,就和圣诞老人一模一样。

她送佩里·莱克一盒无籽葡萄干,他是学校里的大孩子,无所不知。人死了之后,尸体到哪儿去了?

他抓一把葡萄干丢进嘴里咬。不一定,他说。

怎么说?

要看你有几盒葡萄干。

隔天,米莉在他的脚边倒出书包里的东西,倒出好几盒葡萄干。他打开一盒,全倒进嘴里。尸体会变硬。

变硬？

对。还会变冷。

变冷？

对。

就像塑胶一样？

他耸肩。大概吧。

会缩小吗？

缩小？

对。

他把一粒葡萄干丢向空中，再张嘴接住。尸体不会缩小。

米莉想到这件事情时，正用厚厚的巧克力酱淹没一大碗香蕉雪糕。她一手放在塑胶模特儿的手上，不要误会我，她说，覆盖的手又冷又硬。可是啊，她凑到他面前，他回望的眼神如同画里的人，你是死掉的东西吗？

等待的第三天

米莉坐在百货公司后方的办公室里。这里在日光下看起来略有出入，桌上整齐地排着笔、纸、回形针，收文架和发文架上都空无一物。米莉拿起一个回形针和一支笔，分别放在收文架和发文架上。她昨晚穿的黄洋装就折好放在桌子中央，旁边墙壁上有个超大电视荧幕。她弹着橡胶靴底下的火柴盒小汽车轮子。

她翻开"死掉的东西"笔记本，平放在桌上，再把纸张压平。她盯着自己画的父亲的魔法盒。破折号在她眼前跳动，仿佛有心跳似的。现在她了解破折号了，你可以把许多破折号放在口袋里，随身带着。哈利·伯德，图画上写着，生于1968年，死于2012年，受人敬爱。她大声念出那句话，受人敬爱。

谁敬爱他？米莉对母亲说。她们手牵着手看着她爸爸的魔法箱子，犹如看着一幅画。

你啊，她妈妈回答。

你呢？

她妈妈清清喉咙，当然啦。米莉看着她不断转动婚戒，她那周又开始戴上了。

还有其他人？

对，米莉。

那上面为什么不写清楚？

米莉！她甩开米莉的手，跪在地上，双手捧着她的头。

米莉动也不动。妈妈？

因为所有东西都要花钱，米莉，妈妈说。就连这个狗屎东西也要花钱。她妈起身，走向车子，看都没看她一眼。来吧，她说，米莉跟上去之前，又看了父亲的魔法箱子最后一眼。

"网球场那些女士"当晚到他们家，其中一个拥抱米莉说，他的身体已经消失，灵魂却永远与我们同在。

那个魔法箱子里放的就是这个吗？米莉问。

它在你的心里，女士说，摊平的掌心放在米莉胸口。

米莉低头看那位小姐的手。怎么跑进去呢？

一直都在那里。

什么？

有礼貌的女孩不会说"什么"。

什么？

有礼貌的女孩要说"请再说一次，好吗"。

请再说一次，好吗？

好孩子。

"网球场的女士"起身拥抱米莉的母亲。请再说一次，好吗？米莉又说，但是那位小姐没听到。

隔天米莉到零食点心部。当贩售小姐和另一个不是员工的男生打情骂俏时，她在书包里装满葡萄干，径自离开。

灵魂是什么？她给佩里·莱克看过葡萄干之后问他。

就像心，但是位置是在你的腹部，他回答。

长什么样子？

就像很大的葡萄干。他打量她的书包。

她拉上背包的拉链背上。死了以后，灵魂会怎么样？

掉出来。

会掉出来？

对，就像胎斑①。

胎斑？

女人生宝宝之后会掉出来的东西。

她们怎么处理掉出来的东西？

放在冰箱里，然后吃掉。

吃掉灵魂？

不是，是胎斑。灵魂会保留下来。

放在哪里？

其他冰箱。

在哪里？

远远传来上课钟声。一群一群小朋友从他们身边跑过，嚷

---

① 原文中，佩里因为年纪小，想说 placenta（胎盘），却说成音近的 placebo（安慰剂）。这里译为胎斑。

嚷着,笑闹着。某个地方,佩里翻白眼。我不知道,我又不是无所不知。

我会不会拥有它却不知道呢?

佩里伸出手。那只手又长又瘦又干枯。葡萄干拿来,他说。

办公室的门突然打开,米莉可以感受到开门时的强风,那股风真空般吸卷她的衣服。米莉在椅子上坐直,合上笔记本,塞进背包。有位小姐站在门口,正在和视线范围以外的人对谈。

今晚到我家吃饭?女士悄悄地说。

不行,海伦。男人的声音。

不行?我做墨西哥餐点也不行?

我很忙。

明天呢?

很忙。

你总会回来的。

海伦,我这辈子都很忙。

好吧,斯坦,现在她放大音量,语调开朗。我会带瘀青药膏过去,一定可以把那地方揉平。

那名男子离开时,米莉看到他的背部。不准你碰我的脸,海伦,他说。

知道了,她对他离去的背影说。到时候再告诉我啰,斯坦,然后转身面对米莉。

就成人而言,海伦的身高很矮,身形却相当宽阔,仿佛所有的身高都横着长。上衣的钮扣仿佛快迸开,如同吊在悬崖上的人。米莉低头看那名女子的鞋,短小、黑色、笨重。

啊呀呀!那位女士说,似乎不敢相信说出这个词有多刺激。她一屁股坐在桌子另一头,脸颊又红又圆。你这不是给自己找麻烦吗?她拿起桌上的遥控器对着墙壁,电视便活了过来。

米莉出现在荧幕上。画面不太清楚,而且黑白又无声,但肯定就是米莉。电视里的米莉在这个办公室外,她走向窗边往内望,伸出舌头,拔出门把上的钥匙,然后离开。

海伦按下暂停键,现实世界里的米莉看着电视上的米莉。看着自己做某件做过的事情还真奇怪,而且她还收不回那个动作。

现实世界的米莉挑衅地看着海伦。海伦瞪大双眼,现实世界的米莉也用同样的表情回敬她。

米莉昨晚做的事

米莉认得回家的路,却认为她妈妈是想知道女儿晓不晓得如何"完成别人交代的事情",确定她知道怎么做才"乖巧"。因此晚餐和塑胶模特儿聊过之后,米莉决定要想办法让妈妈更容易找到她。她用五金部门的油漆在自动门上写上**我在这里，妈妈**，就写在她所能够到最高的位置。当然，字也是逆着写，她妈妈从外面才能认出来。她用四子棋的旗子排出右转的箭头，然后把棋盘立在入口附近。走道边的塑胶模特儿手臂都被她调整过，才能全部指着米莉的妈妈该遵循的方向。有些塑胶模特儿举着告示牌。嗨，妈！一张这么写着。继续往前走！另一张这么写。先在这里吃个点心！下一个塑胶模特儿这么说，米莉把一包水果软糖放在它向上的掌心。她用"猜猜我是谁"的人物纸牌排出箭头，大富翁的房子指示要左转，"扭扭乐"的转盘显示往前走。女用内衣裤附近的九个塑胶模特儿各自举着一张字母牌，拼出来就是**在这里，妈妈**。身穿夏威夷衫的塑胶模特儿则举着最后一个 M。米莉把几件胸罩绑成一串，从塑胶模特儿的手接到对面的超大女用内衣裤架，模样活像是终点线；还从特价花车里找到圣诞灯饰来装饰走道，最后还稍稍露出自己的红靴子，才静静地躺在超大女用内衣裤部门等待。

最后来的鞋子却不是金鞋。

你跟那个男人一道吗？海伦说。就是唱歌的那个？她打开书桌抽屉，开始把东西拿出来整齐排好。一张瑞士三角巧克力包装纸。他似乎是个好人。一个果汁空纸盒。可是他是不是有点。放苍蝇的玻璃瓶。有点。抓满两手的棒棒糖包装纸全撒在桌上,双手高举过头撒下,仿佛向米莉示范降雨的方式。有问题?脑子是不是有问题?不是?当然不是。我很抱歉。一个水果软糖。可是他反应很慢吗?反应有点慢?她凑到桌子前面悄悄地说,智障?她一手遮住嘴巴。噢。当然不是。我很抱歉。我不敢相信自己竟然说出口。我不想把他赶出去,可是斯坦对这个地方有超高标准。

海伦的手指若有所思地划过水果软糖。她往门口靠,他很特别,她大声说。她在椅子上重新坐好。那个唱歌的男人。他是不是有地窖还是什么的?她的身影没入桌下,出现时捧着一堆桌游,高高地堆在桌上。"四子棋""超级战舰""扭扭乐""大富翁"。她把一只手肘放在这堆游戏上。是不是有鞭子啊?有链子啊?他没用链子把人锁住吧?

我们昨天才开始当朋友,米莉说。

他只是一位老先生,她继续说。虽然男人老了,又孤单,和小女生玩,也可能非常正常。对不对?海伦又钻进桌下,起身时一手拿着米莉的背包,一手拿着开封的油漆罐。噔噔!油漆从罐口滴到地上。只能怪社会成见太重,知道吗?海伦顿一下,把背包和油漆放在桌上,推开桌游盒子,直接坐在桌上。这些,她对着米莉的脸摆弄食指,都是为了他?所以你才化妆?

米莉用手擦过嘴唇,手背沾到鲜红色唇膏,犹如打仗前涂

043

抹的颜料。我饿了,她说。

亲爱的,我很抱歉。本来有饼干,可是斯坦,她再度大声对着门口喊,斯坦吃掉了。他想吃,就会吃我的饼干。她等着,耳朵向着门口。

斯坦在门口现身,海伦跳起来。米莉倒吸一口气,那是昨晚的警卫,一边眼睛瘀青。他正用手机通话,眼睛却眨也不眨地盯着米莉看,手指压向肿胀的颧骨。我已经看完《考斯比一家》的DVD,早就想租其他片子了,不是吗?他对着手机说。我不晓得自己会遭到袭击。他依旧瞪着米莉。海伦早上放我出来。米莉全身紧缩。妈,你能不能等一下?他用手遮住手机。你最好找点东西给她吃,海伦,斯坦说。他们待会儿就到了。

海伦跳下桌。当然好,她边说边打开另一个抽屉,还满脸通红。要吃曼妥思吗?其实挺管饱的喔。

谁待会儿就到了?米莉说。

我正在节食,海伦说。阿金减肥法①?是不是叫阿金啊?还是澳大利亚联邦科学和工业研究组织的减肥法②?可以闻到你想吃的所有食物,非常棒。她转头看旁边的斯坦,其实我不

---

① Robert Atkins 创立的节食法,提倡少吃碳水化合物。
② CSIRO·Commonwealth Scientific and Industrial Research Organization。该组织的节食法又被称为完全幸福饮食瘦身法,亦即每天摄取适量鸡肉、鱼肉等蛋白质,以抵制饥饿感,促进脂肪燃烧;配合丰富的高纤水果、蔬菜,再加上心肺运动。

需要。她撕开曼妥思的包装纸，挤了两颗到嘴里，推出两颗放在桌上给米莉。米莉拿起来，贪婪地咀嚼着。我的意思是我不需要节食，我不是那种担心这种小事的女人，我比较在乎好好善待自己，这才让人觉得更有自信。

斯坦翻白眼。海伦，他说，帮她找点食物就对了，好吗？他们很快就到了。而且接下来的路程可远了，所以她最好先吃饱。他看了米莉最后一眼，便转身离去。啊？米莉听到他边走边讲电话。不会，她只是个小孩，我不会控告她，妈。妈！我不会告她。他们都把她留在这里了，是不是？不可能有什么钱。

他很可爱吧，是不是？我说的是斯坦。她望着门外，接着便把曼妥思吐在卫生纸上。

谁要来？米莉说。她胃很痛。我妈会过来，她补上一句。她只是，迷路了。

噢，亲爱的，海伦把卫生纸丢到脚边的垃圾桶里，在裤子上抹抹手。她一定会来。

我爸死了，但是我妈会来。

噢，亲爱的。她走到米莉那头的桌边，跪在她面前的地上，拉起米莉的手，再用两手捧住。他怎么过世的？噢，不要回答。海伦说话的方式，仿佛嘴里说出来的话让她自己都很惊讶，似乎说话的是别人。如果你不想说就别说。想说才说。怎么死的？他真的死了？是吗？他是不是沉迷赌博？是不是有一点？他有其他问题吗?

其他问题?

毒品?海伦轻声说。

医院有给他吃药。

那是不是精神病院?

那是什么?

当我没说。

他得的是癌症。

噢,亲爱的,我也得过癌症。呃,应该说我以为我得了癌症。那次好惨,惨死了。后来发现只是一个大疖子。

我妈会过来。

就长在脖子上。就是这里。那时候好惨。什么?那当然啦,小亲亲。她当然会来。

海伦口袋里的手机铃声响起,她跳起来接听。对,对,她就在这里。那当然,是的。她挂断手机。亲爱的,他们来接你了。

谁?

儿童福利院的人。他们很照顾被遗弃的小孩。

被遗弃?

在找到你爸妈之前,他们会先帮你另外找妈咪和爹地。海伦看到斯坦在门外和年轻的女员工说笑。

可是妈妈叫我在这里等。

我知道，亲爱的，我知道。可是啊，她叹气，走到门边，一手放在门框上看着斯坦。有些人说的不见得是真心话。

米莉把"死掉的东西"笔记本紧紧地抓在背后。

海伦迅速转身面对米莉，身躯在衬衫中摇晃。钮扣小人死命抓着悬崖边缘。放心吧，亲爱的，他们一定很爱你，你这么可爱。好了，亲爱的，你在这里等喔。好吗？说好啰？好吗？她顿了一下，两人彼此互望。我会帮你带果汁和饼干回来。好吗？不等米莉回答，她便径自走出门。

米莉看着海伦走开，渐渐离开视线范围，她好想吐。有个孩子和妈妈经过打开的办公室门，他尖叫着，可是我想要蓝色那个！米莉想对着他大叫。可是我要我妈！

米莉扯掉靴子底下的火柴盒小汽车，从椅子上爬下来，抓起背包，放进玩具车。她迅速往门外望，没有海伦，没有斯坦。米莉深呼吸，竭尽所能地飞快冲向咖啡馆。背包在她的背部上下摆动，经过贩售扫帚、鲜艳抹布的走道；经过冲印室，看到人们在鲜艳的荧幕上选照片。经过CD、手机和电子产品卖场。米莉看到斯坦走来，立刻躲到著名歌手的纸板立牌背后。他翻着DVD自言自语，有了，有了，不想要，有了，他说。他的手机铃声响起，怎么样？好，好，我马上回去。他走过她身边却没看到她。

到了咖啡馆,卡尔就坐在老位置。米莉也躲在平常的盆栽后面,发现海伦就在柜台边。

怦怦。怦怦。怦怦。

麻烦给我一块小蛋糕,海伦对柜台后方的小姐说。萝卜蛋糕,谢谢。对,两块就好。对,谢谢,那块。太好了,谢谢,我买这三块就好了。

卡尔,米莉悄悄说。

卡尔坐直身子,转向盆栽。呃,他说。什么?

我是米莉,她从蕨叶旁探出头。

贾斯特·米莉?你跑到哪儿去了?

米莉就着盆栽的掩护,简要报告他们上次分道扬镳之后所发生的事情。首先呢,塑胶模特儿救了我的命。然后我偷了一把钥匙。然后警卫被锁在房里。然后我们吃晚餐。兰博也在。还有玩具小马。还有"猜猜我是谁"的人形纸牌。还有塑胶模特儿。我以后再介绍你们认识。然后我问塑胶模特儿是不是也是死掉的东西。然后我想帮妈妈找到我。然后海伦说要给我果汁和饼干,可是我一样都没拿到。接着我妈和我爸会来。后来我就逃走了。然后我找到你。你要吃那个吗?

卡尔把松糕拿给她。就这样?

就这样,食物塞了她满嘴。

从谁身边逃走?

她。米莉用手指去，然后迅速俯下身，不到二十米外的海伦正在和某个顾客聊天。

这不是我要吃的，海伦说。我正在节食。你听过北滩减肥法①？凯特·莫斯就用这种方法。要拿多少食物都没问题。

海伦经过他们身边走回办公室时，卡尔把头转到相反方向。你说逃亡吗？他站起来。好。

好。米莉说。

我这会儿就带你出去，立刻就走，他大声说。

咖啡机后方的小姐抬头看他。

嘘，米莉悄悄说。

卡尔坐下，对，抱歉。他对那位小姐挥挥手。

可是我们该走了。

好，他再度起身。

他们走向超大女用内衣裤部门，沿途专挑小走道。穿着夏威夷衫的塑胶模特儿俯视她，米莉无法转开视线。带他走，米莉说。

什么？

有礼貌的人会说，请再说一次好吗。

---

① North Beach diet，与流行一时的南滩减肥法南辕北辙。主张随心所欲地吃，并非以减肥为目的，而是鼓吹读者尽可能地发懒、发胖。

请再说一次，好吗？

我们要带他走。

他？

对。

为什么？

他救过我一命。

卡尔看着米莉，又看看塑胶模特儿，再望回米莉。好的，他说，又提高音量。你的朋友就是我的朋友。

嘘，米莉说。

喔，对。卡尔抓起塑胶模特儿抱好，两人脸贴着脸跳舞。

准备好了？米莉说。

好了，卡尔回答。

他们蜿蜒地经过电器、锅具、着色本、浴巾。有个女人想对路过的卡尔喷香水，他呵呵笑。大门就在几米外，还发出炫目的光芒。尽管奔跑的两人引起众人侧目，却没人注意到他们即将跑出大门。

我们隐形了，米莉说。

对。

他们相视而笑，而且就快达成目的。

可是米莉随即看到"猜猜我是谁"的人物纸牌仰望他们，现在开口已经太迟，卡尔的脚踩上他们的脸，头下脚上地栽进走道中央的圣诞灯饰特卖花车。米莉也同时跌倒,脑袋撞上花车侧边。卡尔怀里的塑胶模特儿落在她身上,一条腿松开,滑过地板。

接着就是她不想听到的三个字。找到了。海伦、斯坦和一对身穿款式入时却不舒适的套装的男女向他们走来,那就是她的新妈妈和新爸爸。

快点,卡尔,米莉站起来,一边揉脑袋,一边拉他的手臂。然而他整个人都被圣诞灯泡缠住,挣扎只是缠得更紧。

抓住他,斯坦,警卫背后的海伦跑过来。我觉得他是。我是说,我不想妄下结论。可是,大家听好了。根据我亲眼所见,他大概是。我觉得,一定是。

斯坦追上来时,卡尔依旧挥舞着手脚。他把卡尔从花车里拉出来,两手抓着他的手臂。好了,你这个下流的老混账,斯坦说。闹剧结束了。

噢,斯坦,海伦上气不接下气地跑来。你成功了。她张大眼睛,一只手放在他的上臂,你好壮喔。

卡尔没看米莉,只是说,快走,米莉,走啊。我会找到你。"猜猜我是谁"的人物纸牌望着她的表情仿佛期待她有所行动,因此米莉抓住塑胶模特儿的腿,果真行动起来。她穿过、绕过、钻过人群。跑啊米莉跑啊,她唱着歌,卯足全力冲出门,穿过停车场。她边跑边回头,自动门开开阖阖时还看得到她漆上的

失物招领

字：我在这里，妈妈。

米莉走在通往她家的通道上，把塑胶模特儿的腿放在台阶上，试图打开大门，门锁住了。她从踏脚垫下拿出备用钥匙，开门，进去之前先张望马路上有没有正在找她的警车跟来。屋里很阴暗，她一路从百货公司跑回来真是累坏了。她一进门就说，妈？

米莉走进厨房。妈妈？墙壁传来回音。水槽里的盘子叠得老高，垃圾桶里有东西发出臭味。她走进客厅。妈妈？空无一人的沙发看起来硕大无比，房间中央的电视如同巨大的黑洞。她以前怎么没发现电视这么大、这么黑，仿佛按个钮，就会把整栋房屋吸进去？

她爸爸的啤酒瓶套①就放在茶几上。米莉举起来，就着照进窗户的光线端详。阳光下的灰尘粒子在套子周围舞动着，她用指间抚过瓶套。黑色保冷套上印着黄色的澳大利亚地图，另一边则是大胸脯的比基尼女郎。米莉把套子套到上臂，用脸颊摩娑着。

---

① Stubby holder，用来套住啤酒瓶，水珠不会沾到手，也可以保冷，在澳大利亚相当流行。

她走进爸妈的主卧室。妈妈那边的床铺皱巴巴，她钻进去躺了一会儿，把被子拉到头上，里面也是又冷又黑。她把手伸到爸爸那边的床上，拉开被子，然后站起来把手心压向衣柜门，似乎想在上面压个掌印。她闭上眼睛，把门往旁边推，再次张开眼睛，只看到白骨肩膀般的铁丝衣架。

她坐在床上，手指在空中划过，虽然没摸到任何东西，但是她想说，对不起，妈妈，真的对不起，我要为我做过的事情道歉。

米莉确知的世间事之四

有时对不起是唯一能说的话。

别人死的时候，你该说什么？她妈妈看《平民大富翁》时，米莉悄悄凑在爸爸耳边问。有个同学的姐姐过世了，老师要米莉做卡片。

小米莉，宝贝，她的爸爸把她抱到腿上，轻声回答。没有人要死了。

她皱起眉头。大家都会死。

这个嘛，他欲言又止，双手放在她腋下，把她转过来面对他。没错。但是都不是你认识的人。

我认识的人都会死。

那是好久以后的事情。

你怎么知道?

我就是知道。

你们两个究竟在说些什么?电视播放广告时,她妈妈说。

妈,米莉看着母亲的后脑勺。如果朋友爱的人死掉了,你要对他们说什么?

她妈转过来,看了她爸爸一眼。她抓住米莉的两只手,整个身子凑到她的面前。你不需要知道这些事情,米莉,她说。你只是小朋友,只是个小女生。你应该,我不知道,玩洋娃娃就好。或是玩上班游戏、过家家。

米莉耸耸肩。

她妈妈在椅子上坐好,看着她,谁死了?

同学小贝的姐姐。

《平民大富翁》又开始了。送张卡片给他们,她妈妈回头看电视。卡片上写些安慰的话。

譬如说?

譬如……卖!你开玩笑吗?拿钱闪人啊!

米莉的爸爸一只手放在她的头上,那只手感觉好巨大。就写,我很遗憾你痛失亲人。

又不是我的错①。

当然不是。他双手环抱米莉,让女儿的脑袋贴着他的胸口。好心点就是了,他说。只有这个意思。

后来米莉的父亲过世,她的妈妈成天坐在电视前。米莉一手放在妈妈的手臂上说,我很遗憾你痛失亲人。她的妈妈抱住她,力道之大,米莉几乎无法呼吸,然后她说,我也遗憾你痛失亲人。

现在她从爸妈的主卧室窗户望出去,检查街上有没有警车,眼神突然与对街的老婆婆四目相对。她也从她家的窗户往外看。米莉看得出来,她也失去了某个人。米莉不知道自己怎么看得出来,总之她就是有办法。我很遗憾你痛失亲人,米莉的额头贴着窗玻璃,向她无声地说出这句话,还特地放慢速度。老婆婆盯着她,然后拉上窗帘。

---

① sorry 有道歉与遗憾之意,因此小小年纪的米莉不了解自己为何要道歉。

阿加莎·潘瑟

　　自从结婚以来,阿加莎·潘瑟就尽量少接触丈夫的裸体。他的身体太像蚱蜢,瘦削又佝偻。他的骨头似乎很讶异自己怎么会长在那里,总是东凸西凸,仿佛想找出口往外冲。新婚之夜,他无精打采地拉下她的洋装拉链——后来她很快就对这种动作熟悉到无可忍受——她才看到他的阴茎在月光下发亮,如同出鞘的剑。那时她才明白为什么他走起路来总像有人从后面推,那玩意儿大得不合乎他的身体比例。做爱时,他向她展开身躯,仿佛魔法一般。她总是眯着眼睛看他,希望他的身体轮廓与墙壁糊成一片。他以为那是她的"性爱眼神",就是从你隐约猜到世上有性行为之后,开始对着镜子练习的眼神。

　　完事之后,他蹦蹦跳跳地进浴室,阿加莎把被子拉高到下巴,想象着他走路时阴茎从一条腿晃到另一条腿,就像红毛猩猩荡过丛林。她躺在床上等丈夫回来时,没有惊喜、震惊和愤怒，只是觉得失望。她失望男人像片水煮菠菜般在她身上慌乱行事，竟然是人类想出来最美妙的事情。

她还记得，知道所有男人腿间都悬着这种庞然巨物之后，有好几个月都无法正视男性。光是知道周遭有那么多隐而未现的阳具就让她不安，不知道其他女性怎么有办法在这种世界里活下去。她觉得受到包围、无法脱身。经过的男人对她打招呼，态度如此狎亵，阿加莎只能看着地面，心想，他有个阴茎他有个阴茎他有个阴茎。

但是后来，她看到丈夫的阴茎渐渐垂头丧气，如同所有生物一样年迈老化，她终于有办法直视路边经过的男人。哈啰，她会回应，眼神清澄、嘴唇不颤抖，心里却想着，我同情你和你那个快死的阴茎。

罗恩的瘫软阳具是阿加莎发现丈夫老化的第一个线索。第二个是耳朵长毛，飘动的毛发犹如快溺死的人挥动着的手。她无助地看着他身上的毛发从一处消失，又从另一处长出来。他的左腿在中风之后失去知觉则是第三个线索，每当走路时，他就得拖着大腿前行。

跳，拖。跳，拖。跳，拖。

第四个线索是他晚上开始把尿袋放在床头桌。因此阿加莎的每一个早晨，都始于尿液泼溅尿袋，丈夫拖步走向厕所的声音。

跳，哗啦，拖，哗啦。跳，哗啦，拖，哗啦。

有天早晨，她端果汁到餐桌上时，发现橙汁也有同样的声音，此后她再也不买。

第五个线索是脂肪从他的下巴一路延伸到脖子下端，活像鹈鹕的咽喉。他每说一个字，中间都夹杂着这块肉的无声颤抖，讲话越大声，抖动就越明显。夜以继日的，这块肉在她面前不断摇晃，在她的人生中永远不会消失，一如旭日每天都会东升。然而，就像太阳，她也无法直视太久。

大约就在这个时期，她不再与丈夫交谈。她嘟囔、叹气、点头、用手指、用手肘推，总之不再说话。这不是怀恨在心，她只是无话可说。他们早就了解彼此的喜好、厌恶、差异、相似点、身高、体重、鞋子尺寸。四十五年来，他们吵过、分享过意见、讨论过如何在《估价达人》[1]中获胜。现在她已经可以预测他要说什么、做什么、穿什么、吃什么，而且准确度高得惊人。后来她要说的话都能靠手势就轻松示意——例如你自己拿——因此他们一同进餐，同床共枕，呼吸着同样的空气，却从未如此疏远过。

她的丈夫过世时，邻居们突然不请自来，捧着盛满动物死尸与怜悯情绪的大炖锅出现在她的门口。他们的孩子手上拿着

---

[1] The Price is Right，美国著名竞猜节目。

好几片椰丝千层酥,一脸不开心。这些人全都挤进她的厨房,仿佛要举办什么竞选活动。他们莫名其妙地出现在她的走廊、卧室和浴室,似乎可以趾高气扬穿墙而过,对她伸出魔掌。他们说话时,脸就凑到她面前几厘米。我明白这种感受,他们全都这么说,因为苏茜/菲多/亨利去年/上周/十天前才过世,因为她/它/他得了肺癌/被车撞/其实还没死但是她当他死了,因为他跟一个二十六岁的女人搬到黄金海岸去了。

我做日光浴的房间里怎么有十九束花?某次她在房间之间游荡时自问。没有人回答。花朵就像精致的爆炸物,如同绽放的烟火,只是时空凝结了。

住在6号的菲利普·斯通给她一杯茶,但是她不想要,还把手搭上她的肩膀。他以前从未碰过她。

发泄出来吧,阿加莎,他说。

他掌心的温度逼得她在上衣布料下的肌肤感到不舒服的刺痛。如果你的意思是把猫放出来①,我没养猫,她回答,退出他伸手可及的范围。

你这就是拒绝承认,32号的林晶说,两人的鼻尖几乎相碰。别害怕表达自己的悲伤,她补上一句。阿加莎闻到她的嘴里有椰丝千层酥的味道

---

① 前一句"发泄出来"原文 let it out,也有放出某种东西的意思。

她在更衣室看到12号的邻居弗朗西丝·波洛普，手里挥舞着的手持胶带底座仿佛是链锯。罗恩的衣服已经装箱放得到处都是，阿加莎和弗朗西丝面面相觑。胶带底座在弗朗西丝头上晃动了一下。一分钟之后，阿加莎转身离开，随手带上房门。

后来所有人都瞬间消失。他们留下炖锅、奇怪的味道、嘈杂的寂静。阿加莎从窗内看着他们走出她家大门，纷纷走回自己的屋子。邻居的窗户如同眼球，信箱就是潜望镜。就连院子里的鲜花似乎也围成一圈，彼此交头接耳。

她关掉每一盏灯。装有丈夫衣物的箱子都推到走廊墙边，即使在黑暗中，她都能看到箱子上用黑色马克笔写的**救世军**字样。那些字母被描了又描，每个纸箱中央都被粗鲁地缠上黏乎乎的胶带。

厨房电话响，答录机立刻启动。我是阿加莎·潘瑟，机器的声音听起来像是别人。请留言。少了他的名字，感觉就像晕眩症。

阿加莎？另一个声音说。你在吗？

她不知道答案。

阿加莎站在卧室，盯着丈夫的拖鞋看。这就是她现在做的事情，在各个房间内游荡、站定。她有感觉，有样东西似乎想爬出她的喉咙。阿加莎抓住床柱，一次又一次地吞咽口水，直到这种感觉消失殆尽。都怪那些话，她对丈夫的拖鞋说。它们牵着我走。

她坐在床上,两手搭在膝头。如何年华老去,又不让悲伤占据你的世界?她的母亲也曾经青春年少、四肢柔软、手指美丽,后来她越来越悲伤,也缩得越来越小。句末开始带着抖音,仿佛她一直在憋着气。

阿加莎的亲戚说那是悲伤。他们并未大声说出来,只是用嘴形示意,仿佛这个字亵渎神明。当时已是成熟已婚妇女的阿加莎有自己的想法,她认为这个词暧昧不明,滑稽夸张。最重要的是她认为完全没必要重蹈她母亲的覆辙,就像跨过街上水洼一般容易。

当时阿加莎不知道自己正预见未来,她的母亲就是她,阿加莎很快就会走上她的路。然而演化不就是要强过自己的母亲吗?阿加莎不觉得自己胜过母亲,现在也能在自己身上看到母亲的影子,就在遍布斑点的手上,就在刻划脸庞的"死神线"上,就在盘根错节似的蔓延双腿的静脉曲张血管上。她发现整件事情当中令人作呕的必然性,仿佛成为她母亲就是人生的意义。

因此阿加莎站在厨房,打开冰箱。光线流泻到房里,为了适应明暗度,她的眼睛微眯。架子上摆了好几条烤碎肉、小三明治,和点缀着乳头似的樱桃的杯子蛋糕。她拿出一个又一个的炖锅,直接头下脚上地把锅子丢到屋外小径。鸡肉高汤、萝卜、肉汁、洋葱和牛肉全都溅到她的小腿上。她捧了满怀的莱明顿蛋糕，从门口往外丢。蛋糕落在玫瑰花丛中、路边车子的挡风玻璃上、附近的信箱底下。她就像发球的足球选手，把三层的海绵蛋糕①高举过头，使劲抛出去。蛋糕在空中解体，厚厚的红色果酱啪一声泼到车道上。她把三明治放在矮矮的砖墙上，张开双臂走过砖墙，玩味着三明治被踩烂的感觉，黄瓜切片从侧面喷出来。她把两个粉红色糖霜杯子蛋糕放在信箱上，接着用两手握住一条烤碎肉，从前面划过后脑勺往后丢，再伸直手腕。烤碎肉在她手上支离破碎，杯子蛋糕也摇摇晃晃掉到小径上。有颗樱桃落在脚边，她一脚踢开。

她洗了特百惠塑胶盒、炖锅、用过的冰淇淋筒，双手在快溢出来的水槽里拼命搓。她粗暴地用夸张手势擦干每个容器，然后一个个堆在车道上，仿佛某个遭人遗忘的古老文化图腾柱。柱子轻柔摇摆的模样令人感伤，阿加莎则努力视而不见。

她写了张厚纸板放在旁边。**谢谢你们的好意**，那排粗黑的大字说。**可是我不需要。**

然后又补上较小的字：此外，我也不喜欢椰子。

她站在门口，眨着冒汗的眼皮，拿着玻璃盘，直接用手吃烤马铃薯，打量着自己的杰作。这是创作？还是宣战？她向来

---

① sponge cake，澳大利亚著名糕点，巧克力椰丝海绵蛋糕。

不了解这两者,但是此刻看着水沟里的食物流到街上,心想也许两者兼而有之。

附近屋子的灯光开了又灭,就像警告讯号。她抓起一手马铃薯和起司塞到嘴里,感觉到街上紧张的气氛。林晶,我正在表达悲痛!她对着夜空喊叫,喷出马铃薯碎屑。她走回屋里,用力关上背后的大门,然后上锁。她锁了后门,锁了窗户,拉上每一面窗帘。我现在要开电视!她大吼,然后照办,光影掠过所有墙面。她把音量调到最大,整个屋里都充斥着白噪音。她拉了一把椅子在前窗边坐下,身子往前凑,然后拨开窗帘,才能看到外面的街道。喀嘶嘶嘶嘶,背景的电视发出声音。旭日即将东升。我等不及要看到他们的表情了!她大吼,喊叫似乎有帮助。

七年过去,阿加莎从那晚之后就足不出户。没出门浇花,没出门搭公车,没出门扫车道。她再也没开过前门,或拉开窗帘;她不再听广播、看报纸。她没关过电视,喀嘶嘶嘶嘶的声音是她唯一确知的事实。七年的未拆信函溢满整个玄关,要从卧室走到客厅,她就得费劲穿过邮件。只是知道我的名字,她对着邮件呐喊,不代表我欠你们!它们似乎在对着她的脚跟发火。

每周一，超市有位女子把一箱食物放到她的窗下。每个月第二个周二，邮局有个男人会来门口收应付账款，把信件丢进大门的收信开口。她会把该付的费用放在写着**拿去吧**的信封里，再从大门底下塞出去。前院的草皮在尘土中倒伏、干枯，野草丛生；藤蔓布满整栋房子。阿加莎开了前窗，用缝纫剪刀在藤蔓中剪出一个洞。她不知道世界的变迁，却知道这条街的动静。

她已经有老妇人特有的肿胀身躯，很难清楚界定每个特征的分界点。下巴还长出长毛，即使拔掉又会重新长出来，仿佛是上帝的旨意。她开始喜欢一醒来就戴上墨镜，直到就寝才拿下。对阿加莎而言，罩住眼睛的棕色镜片就像玉米粉，把周遭的世界裹得厚厚的，慢慢的。

阿加莎·潘瑟的一天

早上6点：无须闹钟就能自动起床。戴上棕色镜片的墨镜之后才张开眼睛。看看前方墙上时钟的时间。赞许地点点头。跟着时钟滴答声的节奏走向浴室。小心别踩到丈夫的拖鞋而跌倒，那双鞋从他最后一次穿过之后就留在原位。

6点05分到45分：坐在"疑惑之椅"上，测量"脸颊弹性""乳头到腰际的距离""怪异毛发生长状况""数皱纹""皱纹弯曲轨迹"和"手臂赘肉摇晃程度"。把数字记录在名为"老化"的练习簿上,对着镜子进行一系列测量时还边做边说。我正在测量赘肉摇晃程度!她拍打上臂下侧,对着自己喊叫。比昨天更垂了!她看过资料之后喊叫。总是一天比一天松弛!

6点46分:允许自己重重地长叹一口气。

6点47分:淋浴。我正在冲洗自己!她大叫。她淋浴时从不喊叫特定事项。

7点06分:从四件棕色裙装当中选一套穿上。裤袜!她把袜子拉上肚脐眼时呐喊着。裙子!上衣!鞋子!

7点13分:煎两颗蛋、一片培根火腿肉和一片全麦吐司当早餐。

7点21分:坐在"品尝之椅"上,将早餐切成小方块,一次吃一块。我正在吃培根!把下一口食物放进嘴里前,她喊道。

7点43分:坐在"观察之椅"上,从藤蔓的缺口望向外面的街道,身子往前倾,双手紧抓膝盖。太多雀斑!她可能从椅子上跳起来对路人尖叫,还伸手往前指,仿佛玩宾果的态势。太东方面孔!秃头太严重!裤子往上拉!鞋子丑死了!用太多发夹!嘴唇太薄!西装颜色太紫青!鼻子太尖!五官不对称!膝盖骨头太明显!有时辱骂的言词还会扩大到邻居的院子。修修围篱吧!种太多花了!信箱歪了!甚至连鸟儿都不放过。吱吱喳喳吵死了!腿不够长!这些话在屋里的墙上反弹,她的声音越来越大，高潮就是最后无人幸免的辱骂，然而效果永远不如她所希冀。人类完蛋了！

12点15分：瘫坐在椅子上。

12点16分：放任自己汗流浃背，如释重负。

12点18分：午餐。涂了"维吉麦"的全麦吐司三明治。这次就不像早餐一般切成小块正方形，而是切成长条状。如果不想痴呆，多样化很重要！她抬头要吃长条状的三明治时叫喊着。

12点47分：喝午茶。一壶茶加上一片澳新军团燕麦饼[1]。坐在玄关的"愤慨之椅"上，看着棕色墙壁，呐喊着，除草机太大声！或是，邻居吵死了！有时她毫无灵感，只好说棕色墙壁！一旦发怒，她的脸就会比平常更尖锐，而且她总是从中得到快感，至于原因是什么，她也说不上来。我喜欢这种感觉，她对着墙壁确认。

13点32分：打扫家里，喊着，我正在擦挂衣钩！或是，我正在擦灯泡！

15点27分：坐在客厅的"异议之椅"上，写抗议信，然后把信件全放在标示着"在这一切之后分发"的盒子里。她明

---

[1] Anzac biscuit，流行于澳大利亚与新西兰的甜饼，用燕麦、面粉、椰子油等制成。因为容易储存，在第一次世界大战时期成为军方配粮。

白这个意思，却不明白点出来。

16点29分：以下状况择一。坐在"消失之椅"上，闭着眼睛，听电视的喀嘶嘶嘶声。否则就是坐在"失望之椅"上，盯着丈夫的拖鞋看，然而这种状况非常罕见。

17点03分：晚餐。多半是烤肉，肉和马铃薯、花椰菜淋上酱汁。

18点16分：坐在"闲暇之椅"上，用马克杯喝浓缩牛肉汁①，看着雾茫茫的电视画面。

20点整：脱掉所有衣物——鞋子！上衣！裤袜！——再逐一挂好。

20点06分：坐在"疑惑之椅"上，看着镜子中的自己。

20点12分：穿上睡衣，熄灯。

阿加莎非得在暗夜中才肯拿下棕色的太阳眼镜，而且一定得等到上了床，把被子拉过头顶，用力闭上眼睛时才愿意拿掉。即使到了此刻，世界还是太过接近，就在几厘米以外的头顶盘旋。在这半梦半醒的几秒迷蒙之间——在这个短暂的缺口前后，你的清醒状态恰好足以有知觉，睡意又浓厚到即将失去意识——约莫21点23分，阿加莎·潘瑟任由自己陷入孤寂。

---

① Bonox，通常用来烹调，但是也有人加水当成饮料。

然而今天早上 10 点 36 分，一切都变了

早上 6 点：清醒，摸索着棕色墨镜。

6 点 05 分到 45 分：坐在"疑惑之椅"上，大喊，我现在要数皱纹了！以前膝盖上好像没有这条！她在"数皱纹"项目下写道，膝盖上有新皱纹。

6 点 47 分：我要开水了！她站在莲蓬头下大喊。

7 点 06 分：裤袜！裙子！上衣！鞋子！

7 点 22 分：我现在要吃蛋了。

7 点 56 分：坐在"观察之椅"上。车子停得太接近路中央了！

8 点 30 分：花没长出来！

9 点 16 分：小路好脏！

10 点 12 分：头盔不是时髦配件！

10 点 36 分：一部警车缓慢开过。这倒妙了！她大叫。

10 点 42 分：同一部警车又开回来。这也不常见！

10 点 47 分：一个红色鬈发的小女生远远跑来，打开阿加莎的前门，跑进她的院子，躲在阿加莎的篱笆后面。搞什么？阿加莎大喊。

10 点 48 分：那部警车又开回来。小女生蹲进草丛间，背抵着篱笆，看着阿加莎。干嘛？阿加莎喊道。

10点49分：小女生探出篱笆，左右观察马路，回头望着阿加莎。起身，走出阿加莎的院子，越过马路，走向对街的屋子。她试着开门，在脚踏垫下找到钥匙，回头观察街道，身影消失在屋里。

10点50分：搞什么？阿加莎大喊。

最近阿加莎观察过这间屋子。三个月前，她看到关掉警示灯的救护车抵达，看到白色担架上盖着白布，底下隐约有个人形轮廓。她看到街上的邻居蜂拥而上，手里捧着"谢天谢地，幸好不是我"的食物。她看到路边停满送花的小货车，看着那个母亲日渐瘦削得只剩皮包骨。你应该吃些他们送过去的食物！她曾经拍打窗户对着她大喊。她看到那个孩子，她还只是个小朋友。

我不会去打扰你！她呐喊。这对你才好！她坐回椅子，两手抱在胸前。相信我！

因此当阿加莎看到小女孩走进对街的屋子之后，她便知道女孩的父亲已经过世，母亲不在家。两天前，那个母亲曾看着阿加莎，目光笔直穿过藤蔓、窗户，两人四目相交。她把行李放进后车厢，那双眼睛对阿加莎说话，那句话似乎是道歉，似乎是呐喊，似乎是恳求，似乎是：

你如何任由年华老去，又不受悲伤主宰？

阿加莎的身体略微打颤。

当时阿加莎不明就里，但是她知道事有蹊跷。不对劲！有问题！她起身呐喊，脸庞侧边紧贴玻璃，看着妈妈开车带着小女孩越驶越远。阿加莎察觉得到，某件事情正在发生。

11点37分：阿加莎想努力忘掉小女孩返家的事情。她想忘掉那个母亲的脸，想忘掉车道上没有车的事实。她努力把心思集中在视线范围之内的所有房子上，只有对面那栋除外。草皮修得不整齐！她大喊。我看到一根杂草！你家的狗丑死了！太多小孩！他们也好丑！

接着对街屋子的门开了，小女孩走出来。阿加莎看她越过马路，打开阿加莎的大门，走过她的车道。干嘛？阿加莎喊着。小女孩敲阿加莎的前门，手里握着一张纸。不用了，谢谢！阿加莎在窗内扯开喉咙。我有很多纸！小女孩消失，回来时挥舞着一个塑胶箱子。她把箱子放在阿加莎的窗前，然后站上去，才能在玻璃窗外与阿加莎面对面。

小女孩举高那张纸。这是什么？她问。

阿加莎眯起眼睛看。如果我告诉你，你就愿意走？

小女孩点头。

这是旅游行程表。

那是什么？

这张纸上说明某人要去哪里。那是你妈妈的名字吗？

小女孩再次点头。

她去了墨尔本。两天前出发。阿加莎顿了一下。然后六天后要去美国。她们透过玻璃看着对方。现在你可以走了。

翌日

7点43分：小女孩站在对街屋子的窗边看着阿加莎。两人对望。小女孩的眼神说：

你怎么变老的？

8点07分：阿加莎在窗边吊起枕头套，她便不能透过藤蔓往外看了。

9点13分：有人敲窗户，惊得阿加莎跳起来。我好饿，微弱的声音说。阿加莎把电视音量开到最大，喀嘶嘶嘶嘶嘶。

12点15分：阿加莎拿开枕头套。小女孩依旧从对街屋子的窗边看着她，但是她已经搬了张椅子坐好。

15点27分：阿加莎试图开始写抱怨信。但是她脑中只能想到，亲爱的小女孩的妈妈，你以为自己是谁？

16点16分：小女孩依旧透过窗户看着她。阿加莎无法专心，女孩母亲的脸孔、没有车子的车道盘旋在她的脑中。她尚未意识到，就已经穿过信件，开了门，手里还拿着燕麦饼干和一杯茶。迎面而来的空气如此清新，她的身体已经许久没感受到新鲜空气，自从……很久了。她察觉到和风吹在她的腿上，吹进她的裤袜。皮肤感到微微刺痛，呼吸也不顺畅。不一样！

前院的野草已经长得和她齐头，像一群营养不良的人似的向她致意。你们从我这里得不到任何好处！她边喊，边对杂草挥舞手肘，大步穿过。到了大门口，她驻足面对马路。小路太多裂缝！我现在要过马路了！篱笆太花哨！小心啊，车子，我不会为了你停下来！这件事根本不难嘛！毕竟只是走路啊！我都做过几百万次了！只要我有双腿可以走路，也许应该多走走！

阿加莎走向小女孩的家，敲了门之后，小女孩来应门。

哈啰，小女孩说。

阿加莎把放了饼干的托盘和茶杯递给她，小女孩看着这些东西。怎么样？小女孩接过盘子，但是没拿茶杯。你有没有打电话给妈妈？

小女孩把托盘放在附近的茶几上，开始吃饼干，却不肯正视阿加莎的眼睛。她的手机关机。

那就打给亲戚。阿加莎看着茶，干脆自己啜饮。有亲戚吗？

我阿姨住在东岸，小女孩说，墨尔本。阿加莎俯视她，自觉像个巨人。她也曾经这么弱小过？可是妈妈说我们不需要别人。

喔，这样啊！有没有试过打给阿姨？

我不知道她的电话号码。

你们没有通讯录吗?

妈妈的手机里有。

查电话簿啊!

电话簿是什么?

她叫什么名字?

朱迪。

朱迪什么?

朱迪阿姨。

朱迪阿姨!住墨尔本!阿加莎转身,走向小路。这么一点资料叫我怎么找!她猛然抬起一条手臂,茶从杯沿溅出来。

小女孩追上去。我爸爸过世了。

所以哩!阿加莎转身面对女孩,我的也是!她大口喝茶。

他什么时候过世的?

六十年前!

我爸爸是三个月前。

这又不是比赛!就算是,我没有爸爸的时间比你更久!就这样!

他的葬礼发生了什么事情?

这是什么问题!

妈妈不让我参加爸爸的葬礼。

你不去可能是好事!

你为什么大吼大叫？

你的声音又为什么那么小！

我没有。

我也没有！阿加莎转身，打算过马路，却停下脚步。她盯着对面的屋子，又逼自己喝了一口茶。我住在那里？

小女孩点头。

可是——阿加莎无法讲完这句话。那就是小朋友最害怕，大人会嗤之以鼻或同情心大发的房子。她再度转身，你确定我住在那里？

女孩又点头。你可以帮我找到我妈妈吗？

当然不行！阿加莎说。我有事情要做！我很忙！去找警察！

不行。他们要给我新爸爸和新妈妈。

回屋里去！阿加莎大吼，迈开步伐走回家。继续打给你妈！

18点16分：坐在"闲暇之椅"上，用马克杯喝浓缩牛肉汁，看着雾茫茫的电视画面。

18点24分：雾茫茫的画面越看越像小女孩的脸。

18点25分：把剩下的浓缩牛肉汁倒进水槽。

18点26分：脱掉所有衣服。鞋子。上衣。裤袜。然后吊好。

18点31分：坐在"疑惑之椅"上，看着镜子中的自己。

18点33分：她的脸成了小女孩的脸，不慎打翻浴室椅子上的时钟，钟掉到地上。

18点33分到45分：盯着碎掉的时钟。

18点46分：穿上睡衣，熄灯。

翌日

17点36分：阿加莎敲响小女孩的前门，给她一大盘烤肉、马铃薯、花椰菜和酱汁。

谢谢你，小女孩说，然后就开始直接站着用手抓肉吃起来。

你做什么！

什么意思？小女孩的脸已经沾满酱汁。

你应该到外面！出来玩！你只是小朋友！不要光坐在窗边！你就可以。

但是我老了！我可以做这种事！我想做什么都没问题！老了就有这种权利！写下来！很重要！

我要躲起来。

躲谁？

海伦、斯坦、我的新爸爸、新妈妈。警察。

阿加莎瞪着她。你干了什么坏事？

不知道，小女孩开始哭泣。

20点12分：阿加莎穿上睡衣，熄灯。上床时，某个柔软的东西绊到她。她开了灯。

20点13分：她把丈夫的拖鞋踢到房间另一头。

20点14分：阿加莎打开浴室的灯，望着镜中的自己。那种感觉又回来了，那种有东西涌上喉咙的感觉。都怪她牵着我走！她叫喊。

那一天之后

早上6点：阿加莎受够了。

7点43分：她把所有用得上的物品都丢进超大号手提袋，包括"老化"笔记本、两个手表、橱柜里取来的电池小闹钟、备用内衣裤、两件上衣、燕麦饼干、浓缩牛肉汁、写申诉信的笔记本。

8点12分：阿加莎敲响小女孩的前门。手里紧抓着手提袋，套装外套的钮扣每颗都扣上。

你有没有再打给妈妈？小女孩来应门，阿加莎问。

小女孩看着自己的脚，她的手机还是没开机。

你一看到公共电话，就打给她！

小女孩看到阿加莎的行李袋。你要去哪里？

整趟路上都要打！不能这么轻易放过她！

你要带我去哪里吗？

你别以为我会搭那些喷射机,大错特错!

请再说一次好吗?

我不能带你去找警察!我知道他们会如何处置我这种女人!毕竟我住在那种地方!她比比自己的房子。他们会把我关起来!叫我跟那些流口水的人住在一起!

小女孩一脸疑惑,动也不动。

不要光站着!去收拾行李!

女孩消失了片刻,回来就带着一个背包。

就这样?

她拿起地上长形的塑胶物体,然后点点头。

那是什么啊?阿加莎说。

小女孩紧紧抱着那样东西,是条腿。

天啊!我们走吧!去墨尔本!

专业打字员卡尔

卡尔没有电脑、打字机,连键盘也没有。他在垃圾桶上、空气中、小孩子头上、自己的腿上按指法打字。开口提出问题前,他就打出来,只为了确定他真的想问。在他搬到儿子家之前,卡尔在自己家中的茶几上、墙上、浴帘上画键盘。他喜欢手指在打字时移动的模样,喜欢手指绕着彼此跳方块舞或互换位置的姿态。他看过母亲的手指和伊芙的小指在键盘上弹跳,犹如水滴碰到热烫柏油,他觉得女人打字时弯曲的手指就像足弓或后颈一般优雅、性感。

∧

卡尔的儿子在养老院道别时说,爸,我们很快就来看你,然后亲吻他的面颊。卡尔感受到儿子贴着他的胡茬,突然想到儿子竟然也得刮胡子。人生一眨眼、一口气、一泡尿就过了,如今他住在这里,房里其他床榻上躺满许多大小便失禁的老人。他站在窗边看着儿子走过停车场,那孩子的脚步如此谨慎,总是脚跟先着地,然后才把重心移到脚尖,卡尔心想,他什么时候决定用这种方法走路?伊芙的步伐轻盈,无法预测,就像盐罐里撒出来的盐。他的儿子仿佛知道每踏出一步,就是更接近他所不确定的事物。脚跟、脚尖、脚跟、脚尖。

⌐

这是他的媳妇艾米的点子。我走进自己的家里,就得有心理准备看到躺椅上死了一个人,某天晚上,他听到她在纸糊般的隔间墙那一边说。她是尖锐的小个子,向来是香水先到,人才现身。

他是我父亲,他的儿子斯科特说。

我是你老婆!她顿了一下。你知道医生对我血压的看法。

沉默了良久,卡尔躺在房里,两手笔直贴在身边,似乎正准备让大炮发射出去。

好吧,他的儿子终于开口。卡尔的手指紧紧并拢。我会跟他谈谈。

卡尔转过头,脸颊感受着枕头的触感。他眯眼看着黑夜,小伊,他低语,然后伸出一只手仿佛是平静的馈赠。他张开手,在半空中描绘着她的身躯,试图感受她的鼻子压着他的,感受她的气息拂过他的脸,感受她的手掠过他的背。小伊,他又说了一次,因为他只想得到这个名字。他将手掌放在脑袋旁边的枕头上,闭上双眼。

隔天斯科特和艾米起床准备去上班,卡尔已经坐在餐桌边,行李就放在脚下。他戴着开车专用的帽子和手套。

爸,斯科特在厨房门口驻足。

卡尔清清喉咙。我准备好进入下一个阶段了,手指敲打着桌面。

斯科特拉出他旁边的椅子坐下。卡尔十指交握,斯科特小心翼翼地把手放在父亲手上。卡尔用戴着手套的大拇指掠过斯科特的指节,想着,我造就了这只手。

⌇

卡尔坐在床沿。房里还有另外四名男子,他们惨白的皮肤似乎和苍白的墙壁相称。他们全都躺在床上,有种茫然又无聊的表情,还张着嘴,眼皮眨啊眨,仿佛必须提醒自己要做这个动作。

原来,卡尔大声说,就是这样啊。

一名护士停在门口看他,你要打开行李吧,亲爱的?

当然,他回答。只是还有点不习惯。

护士微笑,笑容很美。她靠着门框说,慢慢来,但是一小时后就要吃饭了。她眨眼转身离开,马尾在空中摆动,臀部在制服底下扭动。

卡尔经过走廊,走向餐厅时,窗外的天色还很亮。墙上的时钟显示是下午 4 点 30 分,一盘外观模糊的食物推到他面前时,卡尔心想,原来就是这样啊。他坐在长桌边,样式就像电影中的监狱会有的桌子。他还戴着开车专用的帽子和手套。

轻摆臀部的护士拉张椅子坐在他身边,抓起他的手,看进他的眼里。你还好吗,亲爱的?

他已经记不得上次有人专心凝视他是何时,于是闭上眼睛,好好回味这一刻。她有深色的头发,深色的眼睛,白皙的肌肤,看起来如此干净清爽。他心想,换个时空,我可能会吻她。如果可以把鼻子埋在她的乳沟里,那这个地方也还算差强人意。

可是他只是用那双年迈的眼睛回望,边说边在她手上打着,我很好,谢谢。

与她的身躯相比,他觉得自己很可悲,老朽又干枯,但是她的眼神中有种友善,让他忘却这一切。她起身,轻摇腰肢离开。他坐在原位,盯着可能是豆泥的食物,心想,他多么希望她是在他身上扭动,就在这张椅子上,当着所有人的面,反正不会有人发现。当他吃起豆泥,用汤匙舀进嘴里,感觉食物落入喉咙,想着,我从没做过自己想做的事情。

卡尔知道的二三事

照指法打字

卡尔还是个怀抱伟大哲思的小男孩时，偶尔会假装生病，此时便能陪母亲去上班。她工作的地方是个大房间，里面坐满打字小姐，卡尔就坐在她底下，脑袋顶着妈妈椅子的底端，眼前就是她双腿的完美线条。那双腿紧紧并拢，似乎得动用铁撬才能扳开，然而浑圆的小腿肚依旧散发出甜美氛围。如今他对母亲的记忆已经支离破碎，只记得腿、手指和镜中的倒影。

这些女人在他眼中都超脱尘俗，仿佛置身玻璃柜中或墙上。他在母亲椅子底下闭上眼睛倾听，打字的声音又响又急。这些美丽的女子身体完全静止不动，手指则与打字机奋战。

卡尔学到"照指法打字"这个词汇之后，一切又更进一步。他发现，这些女人不必看着手指，就能让它们戏剧化地舞动起来，他因此有种不明就里的感觉。直到认识伊芙，他才知道全是他的皮肤作祟。

多年后，卡尔进入打字学校；第一天放学，卡尔便坐到餐桌边，把手指插进一碗冰块中。手指冻得发红、抽痛，可是看到指尖的痛苦，感觉痛楚延伸到前臂，仿佛有某种东西试图进入他的体内，那种感受很痛快。有东西试图进入他的身体，他感觉很舒畅。

有生以来，他初次觉得自己大权在握，非得果决地运用手指不可。打字机的键盘在纸张前跳跃着——哒哒，哒哒，哒哒——仿佛他正在出拳。他喜欢那些白纸的潜力，起初空无一物，最后成为某种稿件。他因此觉得自己也能有所作为。

白天，他打出许多无意义的句子，内容都是关于猫啊狗的，或是杰克、吉尔和简。他打字时的态度，仿佛那是人们所能说出口的最重要的话。夜里，他梦到练习打字。早晨起床，他对着莲蓬头唱出打字练习口诀，还闭上眼睛，让水顺着脸庞流下。当他开口说话，心里亮出一个个字母。

他很爱看手指在键盘上迅速滑过，也许他很棒，因为他创造出某样成果。那成果不是音乐厅演奏的音乐，不是墙上的名画，对卡尔而言，他的创造兼具以上两种特质，而且还更充实。

失物招领

伊芙

卡尔在打字学校认识伊芙。最后,他渐渐喜欢上她说话时捧着胸口的模样,仿佛要阻挡心脏跳出来。其实他们刚认识时,他只觉得她的名字很适合在温存时念出口。能把原罪和性爱[①]联结在一起,让他感到冒渎的快感。彼时他当然喊她伊芙;直到他对她的膝盖、手肘、肚脐熟悉到胜过自己的身体,才有"小伊"这个称呼。打从一开始,她的名字"伊芙"就像是悬而未决的字,有种多余的戏剧效果。

两个月后,双方交谈过三次,有眼神、肢体接触,她走路时臀部摇摆的模样更是令他难以忘怀。只要她在同一个空间,他满脑子就只有她。他能清楚感受到她的体温和能量,而且不只心里默想着她首肯之后会发生的事情,他的身体也蠢蠢欲动。他觉得自己的身体必须依偎着她,否则皮肤就会冒出熊熊火焰。

某天晚上下课后,她一个转身走出教室,眼神停留在他身上。卡尔坐在打字机前,心里想着,伊芙的指尖——伊芙的手——伊芙的微笑——伊芙的发丝。最后一个脱队的同学走出去之后,他费尽千辛万苦从自己的打字机上拔出 M、A、R、Y

[①] 伊芙(Eve)即原罪故事中的夏娃。

和 E 键，然后平静地走到伊芙的桌前，移除她打字机上的 R 和 M 键。他用胶水把 MARRY 粘在右手指尖，ME 粘在左手指尖，在阴暗的光线下出现在她家门口。卡尔举起双手放在脸颊两侧，还稍微摇了一摇。伊芙将两手放在他的前臂，打出"好，谢谢"。

他们的婚礼很简单，不华丽，也不至于太冷清。如果风琴手弹《结婚进行曲》弹到一半昏倒不算在内的话，婚礼其实没什么大差错。就算考虑到这一点，婚礼也算顺利。当风琴手的头落到琴键上，撞出不和谐的声音，在教堂中回荡时，那一刻仿佛电影中的悬疑高潮，卡尔因而觉得自己的人生值得别人引颈期盼，值得拍成电影。

卡尔站在教堂前面，汗水汇聚在掌纹中，坐了两排的打字小姐的眼神仿佛都集中在他身上；这些女子就像电线上的麻雀，两腿交叉的模样如出一辙，而且个个似乎都很注意自己脑袋偏斜的角度。他心想，这些女人一直都是这副模样吗？她们拥有某种令他紧张不安的特质。

后来小伊站在他的对面，普通又毫无特色的脸孔诚挚地看着他。他钟爱那张普通又毫无特色的脸，那些散布的雀斑，那个平凡无奇的鼻子，那对薄薄的嘴唇，那双平淡的眼睛。人们问到小伊的长相，卡尔总是不知道该如何描述。他知道普通有贬损之意，便扯谎，说她很漂亮。

女人很妙，这点他知道。不是歇斯底里，而是古怪又无法预测。她们听每个字都有弦外之音,就像折射光线的棱镜在墙上制造过多光影。他很小就学会沉默寡言,假装不疾不徐。卡尔发现,只要话不多,女人便会以为你深不可测又神秘;无论如何,绝对不会以为你驽钝愚蠢。

她的婚纱是米白色的,上面没有任何花纹,就像他日复一日放进打字机里的白纸。他送她的婚戒是特别订制的银环,原本镶嵌钻石的地方现在是打字机的 & 键。当晚,他就着月光褪掉她的婚纱,把它放在床上,仿佛洋装就代表她。他在布料上打字,我好高兴认识你,小伊。但是他打字的动作不像与衣服战斗,也不像挥拳相向。他轻柔地打字,恍若在液体上打字,却不想激起任何涟漪。

他在她的锁骨间打"我在这里,小伊",动作轻巧,几乎没碰到她。伊芙的嘴唇凑在他的耳边低声说,我也是。

爱恋

卡尔和小伊共同生活时,哪里也不曾去过,完全没有。他们就是彼此的异国他乡。

只有不开心的人才会离开家乡,小伊宣称。

我们不需要离开,他边说边在她的前臂打字。

对,她把额头靠在他的下巴上,我们不需要出门。

他们的生活如此微不足道。树木，花朵，海洋，邻居。他们从未爬山登顶，不曾在急流上泛舟，也没上过电视。他们从未在亚洲国家吃过奇特兽肉，不曾挨饿，也没有为了世界的福祉放火烧自己。他们不曾发表煽动人心的演说，没在音乐剧中唱过歌，也没上擂台打过拳击。他们的名字不会出现在小朋友的教科书中，脸孔不会出现在钞票上，没有人会为他们竖立雕像。一旦过世，名字就会随同最后一口气息消失，只有逛墓园的人会看到，除此之外不会留下任何痕迹。

然而他们爱过。他们种植物，在午后阳光下喝茶，对邻居挥手。他们每晚观赏《世纪大拍卖》[1]，而且两人都算个中高手。他们每年和肉贩、水果商、面包店老板交换圣诞礼物。卡尔把旧打字机送给知识丰富的报摊少年，小伊帮超市早班的收银员织手套当礼物。卡尔受邀到当地小学，为六年级学生介绍小镇历史。小伊受邀去教七年级学生，如何烤帕芙洛娃[2]。卡尔在车库中东摸西摸，小伊在厨房里忙进忙出。他们早晚都出去散步，穿过当地的未开垦地区和小镇，沿着海边走。他们的人生就在方圆二十公里内。

---

[1] Sale of the Century，澳大利亚有奖竞猜节目。
[2] Pavlova，以蛋白霜为基底的蛋糕，为欢迎苏联时期知名芭蕾舞者所设计的甜点。

死亡

他记得她躺在浆过的被单里，靠机器维生时，他根本无法与她交谈。没了她的回应，他飘在空中的话语变得骇人。她正在睡，她总是在睡，虽然偶尔也会睁开眼睛，转动的眼球却像新生儿。

因此他站起来，拉开被单；被子紧紧裹着她，仿佛有人想把她困住，将她钉在床上当成活死人。他双手放在她的手臂上，那只手只剩下一把骨头，他打着，手势比气息还轻柔，我在这里，小伊，然后走到床铺另一边，掌心覆住另一只手。她的皮肤不再是她的皮肤，这条胳膊上有瘀青，紫黑色的边缘如此鲜明，犹如鲜有人知的外国地图。他想，你就是我的异乡，但是他打出，我在这里，小伊，然后把病服拉到她的膝盖上。她的大腿瘦骨嶙峋，简直空无一物。他把张开的双掌放在她的腿上，感受到那种虚无。他哭了起来，他忍不住，他是这么软弱，他好软弱，那片虚无浩瀚无垠。他想转化这种空虚，便用夸张的手势用力打字；看着自己的手指在她的皮肤上移动的架势，他真希望她能感受这些动作的力与美，他一次又一次重复地打着，我在这里，小伊，我在这里，小伊，我在这里，小伊，从大腿掠过膝盖、小腿，手指如同蚂蚁大军。他的身子往床边靠，在另一条腿上打着,我在这里,小伊。然后走到床尾,双手握住她的脚,那双异常冰冷的脚。那模样就像幼童握着蜡笔,力道之大,前所未见。但是她没动,没注意到,甚至毫无动静。

我在这里,小伊

我在这里,小伊

我在这里,小伊

悲伤

小伊死后,卡尔对着镜子轻语,我太太死了,准备迎接观众的到来。他想象邮局那位女士、隔壁邻居、他的弟弟,想到他们可能不安就很乐,他从中得到莫大的权势。这一切似乎都值得了,他仿佛从妻子的死亡里得到某种神秘力量。

他睡在更衣室,抬头看着她的衣服犹如仰望星辰。它们幽灵般飘在他的头顶,单薄的形体点出她已然离开的事实。他感觉就像躺在断头台下,一束又一束的长条布肯定能找到方法取他性命。

当然,他梦到她,醒来他就想,以后我只能在梦中见到她。他起身站在暗夜中,飞行般张开双臂,凑向她的衣服。她的衣服如此冰凉。

她过世之后,卡尔每天早上起床都会回忆。醒来,接着就是被回忆震惊。他再也不想睡，因为他不想忘记，因为想起来更痛苦。是那么刺痛锥心。

他坐在马桶上盯着她的盥洗用品，那些她擦在皮肤上、喷在空中或抹到发丝上的保养品。他从厨房拿来超大炖锅，把所有瓶瓶罐罐里的东西都倒进去，有香水、乳液、护手霜、身体乳液、药丸。他徒手搅拌，味道很可怕，闻起来就像百货公司，然而手指间的触感却让他心旷神怡。

他把两手深深插进锅里，连手肘都埋进去，拼命混合这些乳液和味道。空瓶子散布在浴室瓷砖地板上，犹如一具具尸体。他挤压双手，做出放屁的声音。他不断重复这个动作，棕色的混合物溅到镜子上、他的脸上、墙壁上。他抬起锅子，坐到他们的床上。

我的床，他心想。

他的手停在她的枕头上方，仿佛手里有磁铁，可以把她从床褥里吸出来。浅棕色的黏稠物体滴到枕头上。他脱掉衣服丢到地板上，然后站到床上，稍微歪着头，免得撞到吸顶灯。他把锅子举到腹部。深呼吸。闭上眼睛。合上嘴巴。然后把锅子举得更高，将所有液体倒在头上。他屏住呼吸，感觉就像在隆冬跳进河里。卡尔睁开眼睛，黏稠的液体流下脸庞、脖子，他打了一个冷颤。然后把锅子丢到墙边，器皿发出令人痛快的撞击声。

几个小时之后,他的儿子在后院找到他,他仰躺在水泥地上晒太阳。全身赤裸,只有几团逐渐凝固的棕色液体,犹如肌肤的外皮。

进养老院吃完第一顿晚餐,他和几名住客坐在电视间观赏《还真扯!》①,这部电影的故事发生在美国高中。他以前没看过片名里竟然有感叹号,而且他也看不懂片名的意思,却觉得故事引人入胜。主角是名叫布兰森·斯派克的年轻人,他不是一般人眼中的帅哥,但是只要看得够久,便会觉得他的举止可爱,不惹人厌,事实上还满讨人喜欢。布兰森·斯派克不明白同学的行为,也不知道自己的社会地位,然而他努力不懈,这点最重要。《还真扯!》片中的生活尽是泳池派对、期中考,以及韦罗妮卡认为你在"小韦体格表"上的表现,这种测验就是放大检视每个学生的身体部位,以满分十分的标准毫不留情地评比。布兰森·斯派克只希望融入大家,只想找个知心女友,只希望自己够酷。他是那么渴望。可惜结果却令人捧腹大笑,有时甚至教人惋惜。

广告时间,卡尔环顾周遭。房里混合了清洁剂和呕吐物的

---

① That was Wack!,应该是作者虚构的电影。

味道，有个女人坐在扶手椅上编织，如果她体型浑圆，两颊红扑扑，脚下坐满吱吱喳喳的儿孙，眼里散发慈爱光辉，厨房里正准备着松饼，此情此景应该颇令人感觉温馨。但是在卡尔眼里，她似乎正织着自己与活人之间的脐带；她忙着编织，只为了活下去。老妇茫然地看着电视，驼背忙着那团纠缠的编织物，仿佛蹲在河边的野兽。卡尔心想，无论她织的是什么，都没有人想要。

每隔几分钟，坐在沙发隔壁座位的老人就会从喉咙里发出咯咯声。他转头瞪着卡尔，脸上有试图刮胡子的痕迹，但是恐怕不太成功，胡茬之间散布着长长的胡子。

咯咯，对方说。

的确，卡尔回应。

附近的桌边坐了两个试图打牌的男人，一个在椅子上睡着了，头往后垂。另一个没注意到，又或者不在乎，只是把手里的扑克牌抽过来放过去，兴味索然地喃喃自语。

卡尔转头看荧幕，电视广告播的是某场小比赛、真人秀节目、面霜、奶油乳酪、某家速食餐厅。每个广告都有同样的中心讯息：你还缺点什么。

这一切都令卡尔觉得渺小、沉重，人生是黑白。

你曾经是谁？他看着编织的老妇、喉头发出咯咯声的男子、打牌的两个人。你们以前也曾经是某某人吧？过去式的词性形成漩涡，将他整个人吸进去。

他避免与人四目相交，也没作自我介绍。他不想交朋友。他觉得自己与他们截然不同，就如同他和电影中的美国少年南辕北辙一般。

随着电影演出布兰森·斯派克和朋友之间的各种奇妙事，卡尔越看越喜欢那个男孩。布兰森·斯派克热恋全校最抢手的韦罗妮卡·霍奇斯，卡尔也觉得全身紧绷，无法放松。他真希望布兰森·斯派克找到真爱。

他看得到布兰森眼中的希望，希望找到挚爱的光芒。卡尔明白，只要一个人就能充当海上的浮标，帮助你在海上漂浮，不致溺毙。尽管你还是得经历汹涌波涛，但是不打紧，因为你可以抱住她，仰面漂浮，凝视天空，惊异于自己可能错过的事物。那白天，那黑夜，那白云，那星星，海水在你身下拍打的感觉。他心想，加把劲啊，布兰森·斯派克。

结果韦罗妮卡不是他的真命天女，始终陪伴他身边的好友琼·彼得斯才是。那女孩伶俐、怕羞、可靠。好极了。卡尔找到小伊，布兰森·斯派克找到琼·彼得斯。

但是她离开布兰森之后，那孩子怎么办？也许她另外找到工作，也许她另结新欢，也许她身故过世？卡尔怎么办？片尾开始放幕后工作人员名单，他发现电视荧幕上出现自己的身影。

卡尔怎么办？他心想。

稍晚，卡尔直挺挺地坐在黑夜中的床上。养老院几小时前就熄灯了，他却不想躺下来。他觉得自己一躺下，就永远醒不来，要不就是成为这些人中的一员。周遭那些呓嘴、打呼和呼吸的声音，自成恼人的曲目，他暗自思忖，我无足轻重了。

紧接着一阵痛彻心扉的领悟，我曾经有过分量吗？

他成了一片空白。然而他不是白纸或画布，没有人期待这种空白；他也没有留白处偶尔引发的期望、恐惧和好奇。纯粹就是一片空白和茫然。在标点符号的世界中，他也许就是破折号——飘荡着，在一件事情与另一件事情之间，不见得有存在的必要。

卡尔想再度感受人生。他想走上拥挤的公车，直视棕发、金发、蓝发女子——只要有头发，哪个女人都成——感受胃部翻绞的畅快不适。他想放声大笑，笑到捧腹弯腰，他想对别人丢葡萄，想坐在泥巴坑，他想大吼大叫，叫什么都无所谓。他想拉下女人的裙子，想坐在驾驶中的汽车引擎盖上，他想穿短裤，想吃东西，而且不合上嘴。他想写情书给女人，写上好几百封。他想看看女同志。他想大声咒骂别人，而且还是在公共场合。他希望某个追不到的女人伤透他的心。他希望有个外国人摸他的手臂，男人也行，女人也好。他想要有二头肌。他想给某人某样巨大的东西，无关意义，只要够大就好。他想上下跳，想摸到他够不到的地方。他想摘朵花，想挖鼻子。他想打东西，而且要用上全身力气。他心想，我何时开始什么也不做，只在记忆里缅怀？

专业打字员卡尔拉下被子，坐到床边，踢掉一只拖鞋，然后再踢掉另一只，那模样就像小朋友放学回家，完全不在乎鞋子会落到哪里。一只往空中飞，体操选手似的翻了一圈，另一只则飞到某个室友的床尾。这个举动没惊醒任何人。他溜下床，脱掉睡裤，跳到上面用力踩，任其皱巴巴地躺在地上。他扯开睡衣，钮扣弹向四面八方，然后静静地站了一会儿，享受近乎全裸的绝妙心情。接着便就着窗外的路灯着装。

卡尔穿上鞋子，皮肤都因为这份果断而兴奋起来。他扯下床尾夹纸板上的马克笔，用颤抖的笔迹在床边的墙壁上写下大字，专业打字员卡尔到此一游。笔被他抛向空中又落地，沉思了一会儿之后，他捡起马克笔放进口袋，把帽子和手套放在床尾，向四名沉睡的男子挥手。探出门外察看一番后，卡尔蹑手蹑脚地走向走廊尽头，打开大门，走进黑夜里。走出大门时，他心想，这是我这辈子做过最勇敢的事情。

第二部分

专业打字员卡尔

卡尔坐在桌边等警官过来。警察局和打字学校的差异并不大：好几排放着电脑的桌子，桌上有数堆纸张和安静无声的电话。没有上手铐的罪犯走过，没有人开枪，警员之间没有夸张的对话。这里就像其他政府机关，卡尔不禁感到一阵失落。

他的双手在桌面上不断敲击。快走，米莉，走啊。他引起骚动，好让她趁乱逃走。他很骄傲自己脑筋动得快，但是她会上哪儿去呢？她会怎么做？她只是个孩子，他却把她送往市郊的丛林。

他望出窗外，有个母亲推着娃娃车走过。我会找到你，卡尔轻声说。女人转向窗户，不是说你，他迅速反应，脸都涨红了。接着摇摇头，因为他想到她根本不可能听到，女人消失在他的视线中。他取名为曼尼的塑胶模特儿就靠在隔壁桌边，他看着他，我们一定会找到米莉，是不是，曼尼？卡尔庆幸曼尼也在场,他才不至于太过势单力薄。

卡尔拉好曼尼的衬衫,弹弹本来该有条腿在里面的裤管,低头端详自己的手。他的左手食指和两手无名指只比指节长一点,现在打字,这几根手指只能刺向空中,伸向永远够不着的东西。他学会如何用断指打字,手腕往下压,指头便能碰到字键。他用大拇指摩挲断指。

带他回警局的警官身子凑向角落的接待柜台,低声对柜台小姐说话。警官的名字是加里,身材厚实,动作像直立的斗牛犬。柜台小姐年轻貌美,金色长发、粉红色指甲油、清澈的蓝眼周围画着黑眼线,就像老师用马克笔圈出常见错误。加里有意无意地展示二头肌,卡尔知道他绝对是故意示好。他那模样,仿佛准备迎接对手助跑之后的侧身冲撞。她的眼神顺着加里的前臂往上看,先是他的二头肌、颈部,最后终于和他四目交接。加里注意到,露出胜利的微笑,似乎在人生中赢了一场比赛或一次赌注。

卡尔不再看他们,从口袋里拿出一个小布包,把里面的东西倒在桌上。那是他鼓起勇气开始整理遗物时,在她的床头柜抽屉里发现的东西。布包上的名牌写着卡尔,里面是七个打字机字键。

F、I、G、T、R、O、O。

她有话想告诉他,这点他知道。他醒着的时候,多半都在揣测她到底想说什么。他用这些字母拼出各种组合。

如果是 G 就加油（Root if G）。

无花果树根（Fig root）。

O 的胆量（Grit of O）。

我忘了（I forgot）。

我忘了（I forgot）。

他每次都在这里打住。

忘了什么？忘了关掉炉火？忘了告诉你，我曾经和俊俏的足球运动员外遇？忘了我有笔巨额赌债要还？忘了告诉你，我不爱你？一点也不爱？从来不爱？

加里坐下来，那是什么？

卡尔坐直身子，把所有字键扫进口袋。没什么。

加里百无聊赖地翻弄桌上的纸，然后整理成一堆一堆。你叫卡尔，是吧？

是，警官，卡尔放在口袋里的双手拍打着大腿。

你觉得你为什么在这里，卡尔？

因为我被逮捕了，警官。

你为什么被逮捕，卡尔？

我不确定，加里。

我才不相信你不知道，你绝对很清楚自己被捕的理由。加里往后靠向椅背。只有他妈的白痴才不知道，但是我觉得你不是他妈的白痴。

卡尔停顿片刻。这我可不确定，加里，我通常蛮白痴的。

听好，卡尔，听好了。加里身子往前倾，手肘支在桌上。你遭到相当严重的指控。

指控？

加里整个身子往前靠，越过桌子看他。你这是做什么？

卡尔的手还放在裤袋里，边说话边打字，手指在布料底下上下移动。糟糕，他知道这会给人什么观感，因此把手抽出口袋，放在大腿上。随即又觉得不该这么做，却不知道该放在哪里。他把双手往左右两边叉开，就像模仿火箭的小朋友。

加里往曼尼的方向示意。它又是干嘛的？它也是你的计划之一？

计划？

对。加里在他面前那堆文件最上方的纸张上挥笔写字。我们得在玩偶和你的身上采样，他漫不经心地说。

是塑胶模特儿，卡尔纠正他。加里检查纸张，不好意思，你说什么？

柜台小姐拿着两杯水走来。加里的眼睛发亮，时间算得刚刚好呢，亲爱的，他接过一杯水啜饮。麻烦你去拿采样工具好吗？

女孩用力地把另一杯水放在卡尔面前。好啊，没问题，她对加里报以灿烂微笑，把头发拨到背后。加里看她走开，足足看了五秒钟。

此时卡尔看到加里办公桌后的墙上有许多海报，海报上的脸孔都盯着他看。有些人显然很上相，有些人则是一脸狼狈。有些海报上写着"通缉犯"，有些则写着"失踪人口"。

其中有一张脸无疑就是他本人。

他是"失踪人口"，不是"通缉犯"。

这点他明白，也同意。

加里拿起一张纸，放在卡尔眼前。卡尔努力集中心思，他觉得心脏怦怦跳。他在裤子上擦擦掌心。

你知道沃里克威尔养老院吗？加里说。

卡尔认得纸上的标志，下颚线条拉得更紧。知道。

知道什么？

那是照顾老人的地方。

你去过那里吗，卡尔？

没有。

没有？

我是说，有。

你是说，有？

可以说有，也可以说没有。

加里把纸放在两人之间的桌上，支起手肘，双手交握。你瞎扯些什么，卡尔？

卡尔大笑，音调尖锐，完全不像他的笑声。我，呃。他清清喉咙。我去过。你到了我这个年纪，所有认识的人都进去了！又是一阵不像他发出的高频笑声。

加里点头。对。他起身。好了，在这儿等等，好吗？

卡尔微笑点头，加里的身影没入另一个房间，并带上背后的门。卡尔旋转椅子，看着窗内的他。加里拿起电话拨号，发现卡尔正在看他。卡尔挥手、眨眼，加里拉下百叶窗。

喔哦，曼尼，卡尔小声说。

柜台小姐劈劈啪啪地敲打着电脑。

嗨，卡尔从房间另一头呼喊。

她抬头。嗨，态度粗鲁不友善，嘴角满是不屑。

布兰森·斯派克会怎么做呢？在这儿上班还不错吧？他问。

她不理会。

薪水呢？多吗？

她戴上耳机，继续打字。

换 B 计划，曼尼，卡尔迅速瞥一眼柜台小姐，确定她没往他这里看。他拿起水杯，把水倒在裤裆部位。

呃，他站起来走向她。

啊，她从椅子上跳起来。别再靠近！你搞什么？

卡尔站定。我似乎发生了一点小意外，他抬起双手，好让她看清楚他的胯下。

好恶心,她皱起整张脸。老人真的好恶心。

卡尔耸耸肩。我能不能……?他用大拇指比比洗手间的方向。

去吧。

我和他换裤子,他一手抱起曼尼。

随便,她深呼吸,往后靠向椅背。给我走开就好。

我马上回来,卡尔说。洗手间在走廊尽头右端,出口在左方。卡尔往后看了柜台小姐一眼,她戴上耳机,背对他。他低头对曼尼微笑,曼尼也赞赏地看着他。我们来了,米莉,卡尔轻声说,便走向出口。

阿加莎·潘瑟

7点43分：接小女孩。和小女孩一起走向公车站。

7点53分：街上有个少年从她们身边走过。他戴着牙套，脸上有青春痘，棒球帽歪歪地戴着。擦肩而过时，她说，可能想着手淫。什么？他回应，歪头夹着手机的模样犹如夹着游泳圈。你对那东西说什么？她说。小孩子对其他小孩子有什么话可说？"弗雷德，我昨天晚上没尿床"？少年摇摇头说，女士，你有病，然后转身离开。在我那个年代才没有青少年！她对着他远去的背影说。两岁前是小孩子，两岁以后就是大人了！她转身向小女孩强调，他才有毛病。

8点06分：抵达巴士站。手淫是什么？小女孩问。阿加莎说，男生做这种事情，免得闲着没事做！那女生呢？小女孩说。女生又怎么样！男生摸自己，女生就是做好准备，等着以后给男生摸。就是这样，这就是人生！你应该写下来！

8点07分：在车站找到公共电话。小女孩打给妈妈。手机还是没开机，她说。

8点09分：购买公车票。两张到卡尔古利的车票！她对柜台后方的女士说。总共六十四元，女士回答。什么？阿加莎说。六十四元，对方再说一次。多少钱？六十、四、元，女士说。你要还我钱，阿加莎对小女孩说。我没有钱，小女孩回答。你要去找工作，阿加莎说。我才七岁，小女孩说。没错，阿加莎说。我爸爸死了，小女孩说。我们讨论过这件事情，阿加莎说，我的也死了。

8点13分：环顾公车站。为什么有这么多饮料？她对小女孩说。墙边有四个贩卖机，里面放满待售的饮料。在我那个年代啊，只有一品脱的牛奶，要不然就是黄色或黑色的汽水。谁晓得里面是什么东西。黑色的有味道，那就够好喝了。水为什么就有十五种？她斜眼看贩卖机。维他命水又是什么玩意儿？小女孩耸肩。在我那个年代啊，水里面没有脏东西就够走运了！

8点24分：金发男孩坐在阿加莎对面盯着她看。你看什么？金发男孩不为所动。人类不喜欢别人盯着自己看，猫咪也是，我很早就发现了。你应该写下来。猫咪和人类都不喜欢被盯着看。去拿支笔啊！

8点36分：墙上有张海报，照片中的女士高举着的招牌上写着"慢慢变老"。阿加莎站在海报前，仿佛西部片中面对敌人

的枪客。 金发男孩依旧盯着阿加莎看。不是你说不要就不会老！她对他大叫。男孩开始哭泣，他的母亲愤怒地看着阿加莎。没必要瞒着他，阿加莎说，然后又坐下。那不是我们的巴士吗？小女孩说。阿加莎看到人们排队走上巴士，车子前面写着卡尔古利。喔，阿加莎任凭自己发出一声长叹。

米莉·伯德

有时米莉带着橡胶靴出去散步，穿过附近公园，绕过商店，走向海边时，她会作"散步诗"。她截取并肩跑步的结实情侣对话中的两个字（他说），然后从对着娃娃车里的婴儿说话的妈妈口中取四个字（要布偶吗？），然后从手牵手的老夫妻那里截取几个字，接着便是从没穿多少衣服的女孩那边取来静默（……），女孩的太阳眼镜是她身上面积最大的物体，音乐从她耳边流泻，她正在专心把大腿上的脂肪移到胸部，那分屏气凝神的专注表情本身就是诗。

他说

要布偶吗？

尤其是

……

她走在巴士走道上，手指掠过座椅，两脚在地板上拖行，此时她又作起诗来。

你喜欢

只要二十

在教堂结婚？

喔，天啊！

有时每个字互相撞击，有时，字与字巧妙融合，而且毫不费力，这些情况她都喜欢，觉得充满惊喜。而且她认为这是秘密小诗，甚至对她而言都是，因为事后她不会记得。那首诗只存在于某个片刻。

巴士开得飞快，森林、矮树丛和民宅都往后迅速退散。前方的马路又长又直，最后仿佛会飞越悬崖，驶入天空，直奔宇宙，投入一片虚无或某个时空，又或者两者皆是。

阳光在草地上跳跃，照得整片天空火焰般通红，米莉突然胃痛起来，全身都不舒服，因为她想起"等待的第一天"。她在阿加莎旁边坐下，努力用小脑袋传送讯息给妈妈。如果她可以抽离思绪，回到过去，为什么不能去别的地方？她在脑中传送，对不起妈妈对不起妈妈对不起妈妈。

她们对面的母亲正在喂母乳，那家的爸爸则在旁边忙东忙西。米莉的胃一阵紧缩。

她看着阿加莎。阿加莎·潘瑟，你有家人吗？

这个嘛，不关你的事！

谁管理所有家庭？米莉问。

什么？大概是政府吧！

如果你失去家人，可以自己再创一个吗？以防。万一。

你不能自己创立一个家庭！你才四岁！

七岁。

你必须先怀孕！四岁小孩——

七岁。

都一样。你不能怀孕！

为什么不行？

你必须先有！先有！阿加莎忍下来。每个月先有大姨妈来找你！

政府派她们来吗？

老天爷，不是啦！

否则她们从哪里来？

没从任何地方来！

否则为什么说来找我？

这只是我们的习惯说法！

"我们"是谁？

阿加莎大声叹气。好吧，我放弃。政府会派人到你家，让你成为女人！

米莉打量那位哺乳的母亲，凑到阿加莎身边悄悄说，她们也会送咪咪来给我吗？因为我不想要。

那是你现在的想法！你现在说不要，以后就想要。等你到了我这个年纪，咪咪的长度超过宽度，就会希望一死百了！

对面的爸爸越过太太凑过来，麻烦你们小声点。指指宝宝，在嘴前比出一根手指。

不要！阿加莎大吼。

喂！前方的巴士司机说。后面不要吵！

阿加莎坐回座位，两手交抱在胸前。米莉的手指敲打着椅子扶手。

你以前希望长大做什么？米莉小声对阿加莎说。

不重要！阿加莎虽然压低声音，音量还是很大。

可以告诉我吗？

好吧！我想长得更高！我想要更快乐！我想当护士！我想要有自己的漂亮雪莉酒杯！虽然不是女王用的那种，但是也要是好杯子！就这样！不是什么大愿望！可是没有一个实现！命运决定你的未来，不是你自己作主！

你以前想结婚吗？

婚姻不是你想不想要的问题！大家都会结婚！

米莉在座位上躁动不安。司机从后视镜里看着她们。

你和你老公深爱对方吗？米莉小声说。

这是什么？帕奇专访①？

你可以成为我的"第四个点点"吗？

什么？

嘘！那位爸爸说。

好好好。有毛病的是她，阿加莎指向米莉。我要郑重声明。

米莉确知的世间事之五

世上有很多字，却不代表每个字都能用，但是又没有说明指南可以参考，大家都应该有相关的常识。其他人似乎都懂，只有她除外。有些字可以说，有些字不行，人生就是这样。

以下是你绝对不能说的话，无论何时何地，都不能对任何人提起：

你多胖？

你有阴道还是阴茎？

你死后想办什么样的葬礼？

有一天晚上，她妈妈跪在地上刷厕所瓷砖，米莉说，妈，你死后想办什么样的葬礼？

她妈妈突然坐直，仿佛有人扯她的背。

---

① 英国知名节目主持人 Michael Parkinson 的一档访谈类节目。

米莉退后一步。今天学校有个气球破掉,乔治哭了,克莱尔大笑,但是其他人都吓一跳。我希望我的葬礼让人觉得意外,大家会觉得心跳加快,才记得他们的心脏还在动。因此我希望你拿一个气球,爸爸拿一个气球,然后你们分别在不同时间戳破。

好吗?米莉说,但是妈妈没接话。

回你的房间,她妈妈终于开口。

米莉照办,她坐在床旁边的地毯上。先是用手指在地毯上画出各种图样,接着又躺在床上,脑袋垂在床边,上下颠倒地透过窗户看外面。地上成了天空,天空成了地板,树木都往下长。在这个头下脚上的世界里,一切变得更自由。

爸爸进她的房间时,米莉正在看着刚才用指尖在地毯上画出的图样,有小小人走的小小道路。为什么,爸爸?她说。

她爸爸把她抱起放在腿上,就像她刚开始有记忆时那样坐着。这是规定,他说,不能讨论这种事情。

谁说的?

他耸肩。也许是上帝?

可是上帝常常夺走人命,妈妈说的。

那么可能是别人。那个人也规定你不能指着别人笑,不能不穿裤子走进邮局。有个人会制定各式各样的规矩,我们大家都必须遵守。懂了吗?

我不喜欢那个人。

她的爸爸大笑。我们都不喜欢。

几周后,米莉坐在邻居车库的绿色塑胶椅上。她之所以记得是绿色,是因为她坐在上面时努力只想绿色的东西。草地。树木。青蛙。家里的垃圾桶。家里的沙发。有时候会卡在爸爸牙齿里的东西。那位女士戒指上的宝石。那个啤酒罐。她的铅笔盒。

她的爸爸在场,所有男性邻居都在,她的妈妈在,所有女性邻居也在。男人和她的爸爸戴着围巾,手里拿着啤酒,她爸爸的保冷套上印着黄色的澳大利亚地图,另一边则是比基尼女郎。他们大声聊着射门得分、触身、边锋、裁判、平手,同时还用其他字眼加在这些字句的前后;那些都不是平常可以说的话,今天,不知为何,就可以自由使用。例如他妈的、狗屎、那个混账东西是谁?干、你他妈的开玩笑吗,猪头?妇女和她妈妈端着一盘盘的食物进来,身影穿梭在人群中,说,你们看看他对我的态度有多恶劣,或是亲爱的,要加点酱料吗?或是手拿开!她爸爸说话很大声,妈妈不断微笑,这两种态度都不寻常。屋外的小朋友大叫,你当鬼、你作弊!或是我不跟你好了。米莉则坐在绿色椅子上想:芹菜、小黄瓜、酪梨酱。

但是米莉认为邻居家的车库也有一套规矩,除了她以外,其他人都很清楚,这套规矩决定男人、女人和小朋友彼此之间该如何互动；这套规矩让男人坐在电视前，妇人知道自己该站在哪里，小朋友也晓得要去外面玩。

电视里的高大男人穿着同样的衣服，并肩站成一列，嘴形是在说，澳大利亚人，让我们开心起来[①]。摄影机从底下绕圈拍摄，镜头非常大，一点也不真实。如果我现在就在现场，做鬼也开心。她的爸爸说。男人和她爸爸开心大笑，但是米莉只听得到他的声音，那些平常不能说的话就像打水漂的石头，掠过其他声音。

有人做鬼也开心吗？她对橡胶靴说。

[①] 澳大利亚国歌的第一句歌词。

专业打字员卡尔

伊芙生病之前在百货公司担任午班员工。有天吃晚餐时,她说,你曾经梦想被反锁在百货公司吗?

当然有,卡尔说。

我们应该找个晚上过去,她说。打烊时,我们可以躲在男子更衣室。没有人会去检查那里。她淘气地对他咧嘴笑。这个地方的男人从来不试穿。

他们轮流发表自己计划要做的事情。

在床上跳,她说。

吃掉所有巧克力,他说。

试搽所有口红。

你不需要搽口红,亲爱的。

在那些漂亮的电脑上打字。

你又不会用电脑。

不必打开电脑啊。

我要拆下所有字键,写封情书给你。

亲爱的,她从桌子对面伸手握住他。可是我们不是会破坏公物的人。

也许我们是呢?他说。也许等我们一起被反锁在百货公司里,我们就是了?在那个百货公司幻想中,他们似乎变成另一个模样。

但是他们什么也没做,因为他们光说不练,而且也觉得无所谓。

专业打字员卡尔逃出养老院之后,直接走向百货公司,在外面等它开始营业。他坐在咖啡馆,两手握着咖啡杯,有东西可握能镇定他的心情。他看着各自有生活、前途与所爱的人们来来往往,觉得自己茫茫然地飘浮其上,也绝对猜不透这些人的心情。下午四点半,他晃进男子更衣室,静心等候。

一如伊芙所言,果然没问题。因此他每晚都住在那里,商场熄灯之后便爬上展示床,他敢睡多久就睡多久。到了早上,他便沿着海岸走一英里路到当地的营地,溜进淋浴间沐浴,再走一英里路回百货公司。下午,他便坐在百货公司附设的咖啡馆,看着咖啡杯想,吃巧克力,在床上跳,写封情书给你。时钟一到 4 点 30 分，卡尔又重复整个流程。

他住了将近三个礼拜，想办法在那里建立勉强可以忍受的生活常规。没有人认得他，没有人忙着找他。只有斯坦是小问题。这个一脸凶神恶煞的矮小警卫话不多，而且从伊芙还在百货公司上班时，卡尔就认得。结果斯坦似乎是整个城镇的保安，一周只到百货公司值班一、两次。就算来了，也只坐在后面的办公室里观赏二十世纪八十年代的重播节目。

卡尔不禁认为他可以在百货公司度过余生，而且这种生活也挺不赖。这里应有尽有，他想不到任何该离开的理由。后来贾斯特·米莉出现了，生活越来越有趣，越来越复杂，也越来越有希望。她留在那里的第一个晚上，他从孕妇装部门弯腰看她望着窗外空荡荡的停车场。他看着她信步走回女用内衣裤部门，就是从那时候开始，他认定自己有必要照顾她。

第二晚，卡尔从曼尼背后观察她——他正在考虑该怎么开口又不会吓到她——此时斯坦劈劈啪啪走过来。卡尔慌了手脚，把曼尼推到斯坦面前。他本来只想分散斯坦的注意力，帮米莉争取逃走的时间，结果却打昏斯坦。米莉蹦蹦跳跳地逃走，卡尔才出来察看，斯坦脸部着地，曼尼瘫在他身上。卡尔心想，啊呀，斯坦还真白痴。

这下要在百货公司里偷偷摸摸行动就更困难了。有人要追捕他，有人知道他的长相，甚至还有他脸孔的海报。况且，他还得考虑到曼尼。

布兰森·斯派克会怎么做呢？

他带着曼尼走到公车站，把他藏在外面的大铁桶后方，还用自己的紫色外套盖住他。我马上回来，他对曼尼说，拍拍他的肩膀安慰他。卡尔走向百元商店，买了眼镜和新帽子，然后厚着脸皮走进百货公司。他挺直背脊，毫无所惧地直视别人。

但是没有人注意到他，这实在教人恼火。他大费周章，结果竟然没人发现。他直接走过警卫身边，海伦就坐在咖啡馆的隔壁桌，警局的柜台小姐就在几公尺外翻杂志。但是没有任何人认出他，根本没人要找他。就算看到他，他们也不在乎。

他不重要。

那天晚上，他被锁在百货公司，确定斯坦不在，而且三度检查米莉没有躲在女用内衣裤部门或盆栽后面，卡尔便拿出螺丝起子，挖出每部电脑上的破折号。看见没，小伊？他说，我会破坏公物。他排出所有破折号，在咖啡馆柜台拼出**我在这里**。他在玩具部门找到粉笔，在咖啡馆菜单板子上写下**我在这里**。他靠拢所有桌子，用胡椒罐和盐罐排出**我在这里**。

他发现百货公司办公室的门没锁，便晃进去打开所有抽屉，寻找可能透露米莉下落的线索。一无所获。她会去哪里？他们找到她了吗？他们对她做了什么？他坐在桌上，双手摩挲自己的脸。他打量洁白无瑕的墙壁，转开马克笔盖子，谨慎地用浑圆的笔迹写下，**专业打字员卡尔到此一游**。

翌日早晨，他走半里路到巴士站查看曼尼。你好吗？他拿起夹克说。不会让你在这里躺一辈子，他向他保证。等我找到米莉就来接你。曼尼毫发无伤，只是沾到一点晨雾水气。我们只需要从长计议。

卡尔从巴士大楼角落探出头，附近总共有五个超长停车位。有辆巴士关上门，轰隆隆地发动起来。窗边点缀着乘客的脸孔，有人把鼻子贴在玻璃上，有人径自看着前方。那辆巴士倒车，卡尔盯着窗边的人，一格格的窗框犹如大头照。他心想，通缉犯，失踪人口。

接着，他发现巴士后车窗内侧黏着一张纸，文字却是向着车外：**我在这里，妈妈**。

米莉？他哽咽了，随着巴士启程开上小山坡，他更着急了，米莉！他拉扯曼尼身上的外套，摇晃他的肩膀。曼尼，米莉在那辆车上。

他把曼尼夹在腋下，匆匆赶进售票站。不好意思，他上气不接下气地走到柜台前。刚才那辆巴士要去哪里？

柜台后的女士看都不看他。到卡尔古利，她盯着电脑屏幕。

了解。还有其他车到卡尔古利吗？

当然有，对方回答。

太好了！我要一张——

明天同时间出发。

卡尔叹气,把额头靠在柜台上。

不好意思,先生,那位女士说。

她抬头看他,她终于肯正视他了。

拜托别靠上来,轻轻把他推开柜台,然后从柜台底下拿出抹布,开始擦拭他刚才碰过的地方。

卡尔站在巴士站对面的小路上,塑胶模特儿夹在腋下,正在伤脑筋该怎么办,有辆车子停到他旁边。一头耀眼金发的小伙子从副驾驶座窗边探头,先生,你没赶上巴士吗?少年一挑眉,表情立刻变得忧心忡忡。卡尔立马喜欢上他。

对,他说。

少年对着塑胶模特儿的方向点头示意,你们需要搭便车吗?

卡尔看到远方有辆警车开下山坡,需要,他迅速回答,转身拱肩,以为没人看得出他企图伪装的明显意图。他在车窗边跪下,从驾驶座往外看,另一个金发孩子对他眨眼,这个是女孩,有着同样好相处的脸孔。

我们要往东开,她的灿烂笑容足以让人死而复生。

喔,他说,我要去卡尔古利。她那双完美的少女长腿在方向盘下闪闪发光。

呃，先生，金发男孩说。你的，呃，你的东西，先生。

喔，卡尔发现曼尼的头顶到少年的脸。我很抱歉，他是活的。他轻摇塑胶模特儿，做了一个鬼脸，但是他们似乎听不懂。此时警车开到两百米外，卡尔蹲下。

你还好吗，先生？少年的头探出窗外，想看清楚蹲在水沟边的卡尔。卡尔喜欢这孩子称呼他的方式，先生，仿佛他在西服订制店。

很好，谢谢你，他依旧蹲着，看着警车开过去。只是一时腿软。卡尔突然爱上年纪老迈的事实，因为没人料到他会说谎。这就是年龄歧视吧，大家都以为老人和小朋友一样纯真，但是他不在乎。这种偏见反而很公平，努力活到这么老就该得到这种奖赏。等到警车开远，他便站起来，掸掸灰尘，对少女眨眼睛，对少年报以微笑。

我们深爱对方，男孩说。而且需要一个有驾照的人。

卡尔看到挡风玻璃上贴着学习驾照的贴纸。这样啊，他说，很酷啊。我是无所谓啦。他观察他们的脸孔，测试他们是否会用"酷"这个字眼。结果看不出来。

女孩的身子越过少年的大腿，我们很乐意先开到卡尔古利，她说。

卡尔点头，指向车子后座。还有空间吗？

失物招领

　　卡尔坐在后座中间,努力不去想少女闪亮的双腿。系着安全带的曼尼就坐在他旁边,另一边则是放着搅拌机和烤吐司机的箱子。他往前靠,两手放在前座椅背上方。前座车窗摇下来,少年和少女把手臂伸出窗外,手在风中摆动。这两人还不明白"往后的人生",他们还有得探索、发现。卡尔记得发现自己无知的时刻吗?不记得,因为那是渐进的过程,这种融化的过程费时好几年。他想到《绿野仙踪》,我融化了①!

　　女孩从后视镜里对他微笑,安全带。

　　卡尔往后靠,想表现得一派漫不经心。他心里想着布兰森·斯派克,你知道,他说,我在你这个年纪可没有安全带,他扣好安全带。这些杂七杂八保障安全的装置,也太啰唆了吧。

　　哇,先生,少年转头面对卡尔,眼睛睁得老大,仿佛意外发现古城。没有安全带?你一定有……你知道。

　　这个"先生"的称呼越来越让他光火。你大概也没酒后驾车过,卡尔高傲地说。

　　没有,先生,我不喝酒。

---

① I'm melting,出自《绿野仙踪》里的坏女巫之口,桃乐丝顺手对女巫泼水,没想到竟然让她融化。

他以后要当脑外科医生，女孩说。

对，少年难为情地耸耸肩。

我的宝贝有只超稳的手，她说。

少年伸出手放在面前，希望如此，他说。卡尔开始讨厌他。

是啊，卡尔一手放在曼尼肩头，一手放在搅拌机上。我以前都酒后开车，条子也不觉得意外。他看到曼尼从眼角偷瞄他，想拆穿他。

先生，请问你以前做哪一行？少年问。

我做哪一行？

就是以前做什么营生。

竟然用"以前"。我以前，呃。他想说个令人佩服的行业。

那是谁？少女从后视镜里打量曼尼，刚好拯救卡尔，免得他害他们失望。那是什么古怪……性玩具吗？她说到"性"时压低音量，我们不会因此看轻你，先生。

对，我们不会，少年对卡尔挑眉。你的喜好不关我们的事。

喔，卡尔还真希望塑胶模特儿是某种古怪的，呃，性玩具。

对，他还没想清楚就脱口而出。就是性玩具那类的事情，可多了。

哇，少年歪头看着曼尼，仿佛想搞清楚它的功用。

不过是和成年人，卡尔迅速补充，非常老的成年人。

我们喜欢，少女说，就是那档子事。

失物招领

你的手怎么了？少年说。

什么怎么了？卡尔问。

对啊，怎么回事？你怎么抖得那么厉害？你嗑药了吗？

卡尔低头看底下的座位。坐到什么东西[①]？

算了。所以你才要去卡尔古利？你希望在那边就能得手？

就能什么？卡尔听得一头雾水，还花了点时间收拾心情。他转身望出后车窗，看着柏油路源源不绝地从车子后方窜出，犹如魔术师从袖子里不断抽出彩带。他看着旁边的搅拌机和烤吐司机，心想有人可以共用家电是多么幸福；只能搅拌食物、吃烤吐司，此外一无所有，能展开这种新生活是多么地幸福。

有个人在那辆巴士上，卡尔说。我必须上去找她。

少女好奇地从后视镜里对他送秋波。是你爱的人？

卡尔思量了一会儿。就某种意义而言，的确是的，他说。

喔，她说。黄昏之恋，好可爱喔。她转向男孩，我们一定要帮他追上那辆巴士。我们会帮你追到的，你好可爱。

可爱？卡尔不知道这是恭维还是侮辱。

你结婚了吗，先生？少年问。

对，应该说是不对。事情很复杂。

为什么？你老婆在哪里？

---

① 嗑药，on something，卡尔不明白，以为是字面上的"坐到什么东西"。

卡尔低头看自己的手指。我在这里,小伊,他在膝盖上打字。

波特墓园,他说。

喔,少年说。片刻之后又开口,意思就是她……

在里面了,对。

喔。少年转身看着他,我深感遗憾,先生。

宝贝,你真是彬彬有礼,少女深情地注视他,车子往左靠。

后座的卡尔指着道路,呃。

你也是,少年回望她,你也很有礼貌,宝贝。

她转弯靠在路边停好车。双手抓着他的脸,急切地看着他的眼睛说,不要死,我不准你死。

我不会的,他说,双手放在她的肩上。我保证。

说出来,她挤压他的脸。说"我永远不会死"。

我永远不会死。

他会死,卡尔想说这句话,前座的两人开始干柴烈火地摸索对方,肯定是在电影中学会的那种迫切渴求。他们抓着彼此的衣服、头发、嘴唇,仿佛要把对方的皮肤从里翻出来。他们暂时不可能停下来,似乎整个心思都在这里,就像乡下人讨论雨势般专心致志。我想我,卡尔说。我们就出去透透气吧。他们没听到。或者是就算听到了也不在乎。少年已经脱掉衬衫。十六岁孩子都有这种胸肌吗?我们就,卡尔指着外面。就让你们。他的目光无法离开少年的胸膛，不可思议，仿佛是电视里的画面。有一些，卡尔摸摸自己可能有过肌肉的胸部，他有过吗？有一些独处的时间。

卡尔越过曼尼开门，先推曼尼出去，自己再下车。他悄悄地关上门，自己也不知道何必这么费心，仿佛当他们是睡着的孩子，总之他就是这么做了。他抓起曼尼，把他拉到附近的树边靠着，自己则是站在旁边。马路两边都是小小的橡胶树，红土地偶尔会冒出几丛青草，犹如青春期少年的胡须。

爱现，卡尔拉拉自己的衬衫领子往车内看。他觉得曼尼的目光停在他身上，不要用这种眼神看我，他靠在树皮上，我很抱歉说你是，你知道，性玩具。他发现自己讲到"性"也压低声音，我绝对不会这么做，他耸耸肩，我根本不知道要怎么开始。他两手交抱胸前。

卡尔听到车内传出模糊的声音，而且音调越来越高。他们懂什么爱情，曼尼？喇叭开始有节奏地叭叭响，吓飞一群粉红凤头鹦鹉。

卡尔靠着树干坐的时候打起盹，两手交抱着曼尼剩下的那条腿。车门关上和吃吃笑的声音吵醒了他。

先生？

快点，曼尼，卡尔突然心生一计，假装你死了。他瘫在地上，小石子陷进颈背。放心，他拍拍曼尼的脚向他保证，很好玩，他们一定会乐坏。

卡尔透过睫毛看到他们走来。男孩拍她的臀部，她跳起来，向他挥挥手指，假装生气。

先生？少年俯瞰他。卡尔感觉到他挡住阳光，影子遮盖他的身体。少年戳戳卡尔的肩膀，先生，他又叫了一次。我们准备出发了。男孩抓住他的肩头摇晃，你该起来了，先生。卡尔动也不动。

他是不是……？女孩倒抽一口气。

先生，少年拍打卡尔的脸。你可以起来了。卡尔的脸颊上感觉得到少年的鼻息。

女孩开始啜泣。你杀了他，你这个白痴混账，她尖叫。我就知道你总有一天会杀死人。不是我，少年说。少女说，我早说不该让这么老的人搭便车。这句话让卡尔抽搐了一下。闭嘴，死八婆，少年说，我正在努力思考，你废话那么多叫我怎么动脑筋。现在她打起男孩，两手不断捶向他的胸膛，男孩完全不退缩——怎么，难不成他是超人？——她说，我们要怎么处理尸体？男孩回答，必须埋了他，然后开始拖卡尔的双腿。这下卡尔可尴尬了，因此他睁开眼睛，举起双手向他们挥动，《超级

失物招领

大富翁》①的参赛者有时就会做这个动作。惊讶吧，他说，但是他的口气不太有自信。少年松开他的腿惊声尖叫，女孩也跟着大叫。曾经有人对他尖叫过吗？应该没有，他微笑，挣扎着站起来，因为一身老骨头而感到酸痛。开玩笑啦，他转个圈，奋力跳了一段吉格舞②。

此后一路的气氛都很紧张。卡尔想和他们闲话家常，聊聊家人、天气、车厂。他大声念出他们经过的路标——卡尔古利：前方一百英里，不远了。让路。前方有牛羊通过。他指出落单的鸟儿、横死路上的动物、矮树丛边的硬币，其间还改变音调和语气，只为了引起他们的兴致。

他换了种完全不同的做法。听着，你们见过多少死掉的东西？

你说什么？女孩说。

他清清喉咙。就是——你们的亲友有人……过世吗？

你问这个做什么？少年说。

你要杀我们？

不是！当然不是。我只是随便问问。等你们到我这个年纪，

---

① Who Wants to be a Millionaire，源自英国的益智竞赛节目，许多国家买下制作权或播映权。
② 英国传统民间舞蹈之一，通常是单人即兴表演，伴奏的曲子欢快活泼，舞蹈则要求步法快，身体其他部位保持不动。

所有亲爱的人都会过世。

女孩又把车停到路边,然后下车。我要去撒尿,等我回来,最好不要有人假装死掉,否则我就杀了他。她用力关上车门,然后走入灌木丛。

少年转向卡尔,了不起,老头子。

我不是生来就这么老,卡尔说,小伙子。他欠身往前。我们做点什么吧,他不怀好意地说。

你说什么?

偷东西,在扁酒瓶里装啤酒。

扁酒瓶是什么?

他想到《还真扯!》,想到布兰森·斯派克。把别人的信箱打掉,拿蛋砸房子。

到时还要清干净。

你不想冒险吗?

不太想。

卡尔重重靠向椅背。

一切都结束了,老头子,少年瞪大眼睛看着卡尔。

这话什么意思?

你很清楚。

因此卡尔双手交抱在胸前。既然他要这样,就随他吧。

卡尔再度望着后车窗外。马路似乎不一样了,现在看起来固定不动，不像魔法了。停顿的道路看起来如此荒芜，然而地平线那头有样东西逐渐靠近他们。那是一辆巴士。巴士，他对曼尼说。什么？少年说。是那辆巴士，卡尔说。大车轰隆隆开过时，小汽车还震动起来。他往前越过变速杆，双手压在仪表板上。嘿，少年说。卡尔看到巴士后车窗的白纸轮廓，是她，他对少年说。是她，绝对是她，跟上那辆巴士。

什么？

巴士越开越远，卡尔一心想追上，因此想爬到前座，但是男孩把他推回去，两人咕哝着互相推挤，但是卡尔赢不了；对上那片胸膛、那些惊人胸肌，他根本毫无胜算。末了，他只好坐回去，车里只有两人的喘气声。

冷静点，男孩开口，但是卡尔改变心意，他赢得了，也会赢。接着他下车，打开前车门，打算坐进驾驶座。男孩推开他，卡尔抓住方向盘，但是对方用力掰开卡尔的手指。这种做法不公平，因为少年的手指健全，也没失去任何人；他不知道遗失东西和痛失亲友的痛苦，他什么也不晓得。卡尔放开方向盘，少年一无所知，因此卡尔把所有能量都传到手上，集中他这辈子失去或丢下的一切，传过手指，输到指尖，**我在这里**，然后用力弹少年的额头。

噢，超级男孩摸着额头，责难地看着卡尔。

对不起，卡尔上气不接下气，后悔自己的举动，靠在车边喘息。

说真的，老兄，你刚才的举动一点也不酷。

我道歉了，卡尔说。老兄。

女孩走到卡尔旁边。

怎么样？两手叉腰。

什么怎么样？

怎么样？她指着前方的马路。

卡尔走到车子前方，举手遮阳，看着卡尔古利的方向。巴士就停在前方。

车子就在前面，卡尔说。等等我，他挥手大叫，谢谢你们让我搭便车，他对情侣说。实在太棒了！他抓起后座的曼尼，用力关上门。我来了。

他拖步前行时听到女孩说，你是有什么毛病啊你？

他弹我的脸，男孩回答。

天啊，你真可悲，女孩说。我妈说得对。

他们的声音渐渐模糊。等等啊，他尽量加快脚步。等等我。他多希望自己能像以前一样自由奔跑，多希望自己的四肢能无忧无虑地活泼摆动。他专心致志地看着后车窗的白色方纸，轻声说，拜托别开走。小情侣开车经过他身边，卡尔的紫色外套被丢出副驾驶座窗外，直接打中他的脸。两人加速开走，车子在柏油路边的碎石子地上左右摇摆,滚滚烟尘全落到他身上。卡尔拿开脸上的外套,望着小情侣驶向轻率的青春岁月。他深呼吸,扯开嗓门,**他总有一天会死,你知道的。**

米莉·伯德

巴士司机是女人,一身打扮却像穿了她爸爸的衣服:蓝色短裤、太大的短袖衬衫、拉到膝盖的袜子、黑色系带皮鞋。她很瘦,头发有如刺猬。米莉带着塑胶模特儿的腿,顺着走道往前走。

真相

太棒了

要去洗手间吗?

她在司机后面找到坐位。仪表板上有张贴纸写着,你想和当家作主的男人说话,还是找了解状况的女人?她看着路上的白色破折号,如果车子开得够快,她喜欢看着破折号连成一条白色长线,将世界分成两半。

你见过桶装鸡肉吗?米莉问巴士司机。

司机好久都不答话,兀自开车,仿佛米莉根本没说过话。米莉正要问第二次，司机说，我已经开了三十年的车。她凝视着前方的道路，很难分辨她是自言自语或是在对米莉说话。反复来回同样的路线，还以为根本看不到新鲜事了。车子经过一块鲜绿色围栏圈起的土地，中间那棵光秃秃的树木似乎试图引人注意，米莉遂向它挥挥手。

马路两边又平又宽，而且是彻头彻尾的洁白。阳光直接打在上面，米莉甚至得举手遮住反射的光线。那是雪吗？她问。

司机嗤之以鼻。你没见过盐滩？

没有呢，米莉回答，心里好想舔那块盐地。还把额头轻轻靠在窗户上。

以前那里有水，司机继续说。后来盐分越来越多——她发出吸食的声音——就把水全部吸干，杀死周围所有生物。

喔。那块地上有各种漩涡、形状，仿佛有巨人用手指在那里作画。

但是原本不能在那里生长的植物却纷纷出现，很炫吧？盐分在阳光下对米莉闪闪发光。

司机继续说，不过要在那边讨生活很辛苦。那些嬉皮士说要去印度还是什么鬼地方寻找自我，不是头下脚上地挂着，就是吃扁豆。那种生活根本没什么，轻松得要命！来这里过一晚，保准你马上找到自我。

米莉在车窗上看到自己的映相。她很惊讶竟然有人想寻找自己,一般人不是都想找到别人?自己不是你最确定的事情吗?她把手放在玻璃上,贴着窗子里的手。

车子开过成排的尤加利树,树木斜倚向道路,再直冲天际,犹如摆好姿势的舞者。司机说,你看到那些尤加利树有多么粉红吗?米莉点头,它们让她联想到口腔内侧。那是红皮尤加利,每时每刻看来都像洒满阳光似的。米莉牢牢盯视。

后面那个是你奶奶吗?

米莉耸耸肩。

你手腕上戴着什么?

米莉低头看保冷套,这是我爸爸的,他死了。

巴士司机从后视镜里看米莉。为什么死?

不晓得。

她点点头,这样啊。车速逐渐变慢。

我是米莉·伯德。

亲爱的,我是斯特拉。司机拉拉衬衫领子,这是我弟弟的衣服,这是他的巴士,他也死了。

米莉点点头。

你的妈妈呢?斯特拉说。

听着,马桶刷,阿加莎打断她们。她成功走过来,抓着斯特拉的椅背站稳脚步。还有火车从卡尔古利发车吗?

斯特拉从后视镜里眯起眼看她。没了,她说。

没了？

现在有飞天车，去哪里都可以直接飞过去。也很快。

好，阿加莎说。很好，马桶刷，你不想帮忙就直说。

嘿，女士，我又不是他妈的资讯中心，我可以载你到车站，你自己去查。

你就不能对着窗外的亲戚大喊："嘿，玛莉！火车几点出发？"

斯特拉按下指示牌，把车子停在路边，车轮开上小石子。她把车子停在巴士站边，卡特威尔湖站，她宣布。车门打开，有个戴着大耳机的高个子少年从车子后面走过来，下了车。斯特拉转身面对车门，一手放在座椅顶端，一手靠在方向盘上。那不关我的事，斯特拉对阿加莎说，不看她，反而望着鱼贯上车的乘客。有个戴着眼镜、头发梳得整整齐齐的小男孩跳上车。你好，小劳伦斯，斯特拉说。哈啰，斯特拉，劳伦斯头也不抬。斯特拉知道所有新乘客的名字——克兰利太太、廷博、文斯、费莉西蒂——他们也都叫得出她的名字。

最后上车的男人很魁梧，穿着荧光色的鲜艳背心，脸上、手臂上、手上都是泥巴。你好，小史，他说。特伦特，她头往上扬向他示意。他在阶梯最上方停住，大拇指比着外面，后面还有一个人，你可能有得等了，他大概有一百七十五岁吧。他咧嘴笑，应该差不多这个年纪吧。

接下来的惊喜就像被刺破的气球,因为卡尔竟然出现在台阶最底层。气喘吁吁的他把塑胶模特儿夹在腋下,汗水一滴滴落下来。心脏怦怦跳的米莉跳下台阶,双手环绕卡尔的脖子。

贾斯特·米莉,他说。

接着阿加莎说,你跟踪我吗,吉恩·怀尔德[①]?然后从手提包里拿出一片澳新军团燕麦饼,朝他身上丢。

---

① Gene Wilder,美国演员、编剧、导演兼作家。作品有《雌雄大盗》《福尔摩斯》等。

阿加莎·潘瑟

阿加莎和卡尔其实是熟识　（算是吧）

　　以前卡尔会经过她家,每次都穿着紫色西装,有时也会穿件长及脚趾的外套。头发不够多!她可能坐在"观察之椅"上大吼。西装太可笑!那张脸看了就讨厌!模仿吉恩·怀尔德嘛!

　　有一次,他驻足片刻,轻轻抚摸她家的篱笆。她惊讶得说不出话,只能大叫,嘎!萨!最后终于说,搞什么?她站起来,血液冲上脑门,脑袋探出窗外,伸长食指指着他。不要猥亵我的篱笆!男子吓了一跳,转头望着她。走开!她大叫。对,就是你!你还摸!

　　他两手抓住篱笆。不好意思,他回喊,手指敲打着篱笆。我不是故意要——只是——我可以帮你除草。

　　阿加莎指着马路。走开!她扯开喉咙。走路你会吧?

他的确离开了，但是一边走，手指一边掠过篱笆。第二天，他又来了。第三天，他照来不误。他会探过篱笆拔草，她则从窗边探出去，用放了一天的燕麦饼丢他。他让她心烦，而且非常烦。你干涉到我了！有时她会对着他离开的背影大喊。她的脸贴着窗，气息在玻璃上起雾。他从不回头，这一点让阿加莎更烦，她也不明白原因。他为什么那么让我心烦！她探头到前院，看着他雀跃离开的身影大喊。有一天，他突然不再出现，足足一星期，她从中午 12 点 51 分在窗边站到 13 点 32 分，手就放在装着硬掉的燕麦饼干的碗里，边看边等。然而他没再来过，她仿佛得了晕眩症。

专业打字员卡尔

他拥抱米莉,那心情就像自己没资格拥有却又期望得到。当然,他曾经这么抱过儿子;但是这次是崭新的感受,而且这里有另外一个女人,他的人生因此更有意思,也更复杂。

卡尔知道的阿加莎二三事

他知道这个女人的事情,整个沃里克威尔城无人不晓。有一天,斯科特和艾米载卡尔去采买日常杂货之后,车子开过她家。

艾米转向他儿子说,你不会期待我在你嗝屁之后,彻底封闭自己吧。

没错,我就是这么希望,小艾,他的儿子说。但是如果你先走一步,我就要开派对狂欢。

艾米开玩笑地戳戳他的肋骨。开慢点,她说,我们探头看看。

不要啦,他的儿子说,别打扰人家。

拜托,艾米说,有时还可以看到她望着窗外。

卡尔从来没想到这个女人的故事与自己有关,他把这件事划分为艾米觉得有兴趣的领域(例如别人的不幸遭遇、小到可以放进手提袋的猪仔、某个名叫菲尔医生[①]的人)。如今他看着这个女人的家,却觉得她的经历与自己息息相关。他仿佛看到自己的内心化为具体的屋子,又黑又没有生命力,而且许久之前便举白旗投降。

喔,她在那边,艾米说。

那个女人直视他们,表情冷漠严峻。

好恐怖,艾米说。他们开车离开时,她又加了一句,竟然这样封闭自己。这是浪漫、令人难过,还是疯了?

应该都有吧,他的儿子说。你觉得呢,爸?她单身,要不要我载你到她家门口?

卡尔沉默以对。那间屋子和那个女人的面孔让他觉得比较不孤单了。

---

① Dr. Phil,心理学家兼脱口秀主持人 Phil McGraw,在节目上为来宾解决生活上的问题。

失物招领

八

他们站在卡尔古利火车站外,旁边就是战争纪念碑,头上有个举枪士兵的雕像。一部四轮驱动车快速飙过他们身边,车上大块大块的红土喷溅斑点犹如泼墨艺术。酒馆的屋顶轮廓以威武庄严的线条掠过天际。公车进城时,卡尔看到某家酒馆外的黑板上写着,"火辣上空脱衣服务生①";看在他的眼里,似乎是某种咸水湖特有的动物。巴士等红绿灯时,他盯着招牌看了一会儿。渐渐会意之后,一块红晕在他的脸颊上扩散开来。

西南海滨家乡的人有着恍惚的眼神、金色头发、白皮肤和沉重步伐。这里的人却不一样,他们不修边幅,仿佛出自某人潦草的涂鸦,仿佛是从他们拖行的红土上蹦出来,仿佛是由街道两旁的红皮尤加利所制成。他们在面包店、超市、小酒馆外和大街上扯开嗓门说话,断断续续,犹如把句子切断再丢进果汁机。卡尔觉得自己格格不入,话说回来,他在家乡也自觉是异类。

天色介于昼夜之间,蔚蓝渐渐转为深蓝。阿加莎怒气冲冲地走向卡尔和米莉,她的身影在阴暗的暮光中模糊难辨,然而

---

① skimpy,只要收到足够多小费,穿着清凉的服务生就会脱衣娱乐酒客,在卡尔古利当地相当普遍。

144

她的步态有其特别之处，绝对不会认错。那模样就像和空气战斗着，空气仿佛厚如床单，她得奋力穿破才能前进。

明天才有班次了，她说，周围的一阵烟尘犹如力场。我敢说那个叫斯特拉的女人一定知道！绝对不要相信比你瘦的女人！写下来吧！怎么办，打字员！我可不想整晚坐在这里和你们大眼瞪小眼！现在已经晚上7点37分，我们又没钱！

卡尔发现自己是唯一的男性，突然感到一阵恐慌。他知道，男人在这种情况下有某些特定的责任。他察觉所有女人看着他的眼神，不只是他身边的这两位，还包括各个时空、文化中的女性。呃，他希望自己的声音足够威严，我们必须想办法。他用食指指向空中，给句子加上标点符号。卡尔开始踱步，希望这个动作能唤醒大脑的决策机制。我们就……

躲起来吧，米莉建议。

卡尔考虑了一会儿。这主意不错。

我有个朋友来过卡尔古利！阿加莎说，再也没回家！不知道发生了什么事情！大家心里都没个准儿！可是我知道！她一定进了红灯区！去卖了！她深呼吸，接着便紧闭双唇。某样东西似乎抓住她的目光，她握着战争纪念碑的围栏，瞪大眼睛。他们永垂不朽，她读着。苟延残喘的我们才会老朽凋零。

阿加莎仿佛无法动弹。被留下的我们，她又复诵了一次，一只手小心地捂住心口。

米莉的手臂穿过栅栏,抬头看阿加莎,红灯区是什么?

阿加莎转身背对雕像,她正说着,你们两个看什么?有辆巴士开进停车场,就停在他们旁边。

巴士门打开,是斯特拉。7点钟,斯特拉说。

什么?阿加莎叉开两脚望进车内,站姿仿佛在与敌人对峙。

火车啊,阿婆。明天早上7点才发车。

你先前说不关你的事,阿加莎说。

我改变心意了,不是吗?斯特拉说。

米莉·伯德

斯特拉的家会发出许多声音。米莉走路时,地板会说话。天花板和墙壁里似乎有人在徘徊,可能想钻进去或钻出来,或正跳着踢踏舞,米莉不得而知。整间屋子就像家乡的二手商品店,一堆不成套的东西堆在一起,被迫互相融洽相处。米莉不断发现前所未见的物品,纳闷这是否就是斯特拉的目的,不断忘记,不断发现。

米莉泡了澡,还用肥皂泡泡画出整个城市,有房屋、摩天大楼、马路、树木、墓园、超市、学校、警察局和邮局。她泡了好久,水都冷了。斯特拉把她抱出浴缸,用浴巾包好,再把她放在有红色发光杆的暖炉前。

稍晚,米莉和卡尔、阿加莎一起坐在餐桌前,等斯特拉帮所有人煮意大利面。曼尼也能进厨房,但是没有多余的椅子,卡尔便把他靠墙立好,就放在微波炉旁边。米莉唏里呼噜吃着面条，一边对曼尼微笑。所有人都吃完晚餐后，斯特拉帮大家泡了热茶，米莉除外，她分到一大碗冰淇淋。阿加莎和卡尔移到客厅——我们明天早上就打给你妈，阿加莎边说边走出厨房——蜜莉和斯特拉、曼尼留下。

与人为善，米莉的爸爸说过，米莉认为斯特拉明白这句话的意思。

米莉看着斯特拉吹凉热茶，腾腾而上的水蒸气变化出各种形状，就像百货公司里的咖啡。如果所有生物的呼吸都像这样呢？动物、人类、小草、树木都一样呢？世上万物时时刻刻都有卷曲的蒸气环绕，有些人可能因为跑步或心脏病发而有急促的呼吸，有些人则因为睡着或看电视而有缓慢的长气。如果音乐有形体，那么这就像观赏音乐，世界随时都充满着吐纳有致的音乐。

也许吐出最后一口气时，就吐出所有点点滴滴，你的记忆、想法，你希望说出口或是希望收回的话、脑中热腾腾的咖啡画面、父亲的遗容、泥巴在指间的触感、奔下山坡吹来的和风，以及万事万物的色彩。

我从没走进去过，斯特拉说。墓园就在这条路上，我每晚都开车经过，却从未踏进去。我知道他在哪里，入口进去直走，第一条岔路右转。斯特拉啜一口热茶，我弟弟埃罗尔就在那里。

埃罗尔，米莉复述。

对，那就是我弟弟的名字。今晚回家之后，我坐在沙发上，想到他。我知道他一定想都不想就会照顾你们，所以我回去开他妈的巴士。你们现在才会在这里。

米莉舀起冰淇淋送进嘴巴。他死掉之后，你去看过他吗？

斯特拉对着热茶吹气，看过。

什么样子？

她停顿了一会儿。你知道戴眼镜的人吧？

米莉点点头。

有时他们会拿下眼镜擦一擦？

对。

他们的眼睛会变得更大，更小，总之不太一样。

对。

他就是那样。

你确定是他？

我是没验 DNA 啦。

你知道他现在人在哪里吗？

你是说除了墓园之外？那要看你的信仰了。有人认为他在上面。斯特拉指着天花板。

和吉米·亨德里克斯一起？

谁？

吉米·亨德里克斯。

弹吉他的那个？

米莉耸耸肩。爸爸认识他。

我猜他就是在地下吧。而且也不会投胎成甲虫什么的回来，不会飘来飘去看我撒尿拉屎。就是死了，没了。不是活着，就是死了，一切到此结束，就这样。

没了？

没了。斯特拉端详米莉。否则你认为呢？

我不知道。

那就是你的答案了。

这不是答案。

我只知道没有人知道海底的动静，我们脑子里的想法，或是死后是什么世界。那也无所谓，刚好让我们有事情可以动动脑，开公车或做事的时候就不会发呆。

米莉抬头看斯特拉，转头看曼尼，又把目光移回斯特拉身上。然后压低音量，我觉得死掉的东西会变成塑胶，有时会被放到商店里去。

斯特拉点点头。有可能。她盯着米莉的眼神犹如 X 光。你妈妈呢，小亲亲？她终于开口。别再跟我讲这些有的没的。

你的呢？

这就是有的没的。她再度点头。不知道在什么地方，我们不往来了。

为什么？

人生就是这样吧。

米莉看着她，斯特拉叹气。联络也没什么意义，说来说去都是空话。她起身把盘子拿到水槽，你知道，我家人都不往来了，我们就是无法沟通。你的家人应该好多了。

米莉清清喉咙，她走了，我说的是我妈。

斯特拉转身，背靠着水槽，手上的肥皂水都滴到短裤上。走去哪里，小亲亲？

人生就是这样吧。

斯特拉笑了。

米莉从口袋里拿出那张纸，小心翼翼地打开，然后在餐桌上抚平。这是我妈的行程表，她希望自己没用错字。

斯特拉从口袋里拿出眼镜，对着灯光举起纸条，然后折好还给米莉。她拿下眼镜，揉揉眼睛。冰箱的嗡嗡声突然变得好响亮。

斯特拉站在水槽边望出窗外，抓着水槽的双手用力到指节都泛白。听着，她开口，却不看米莉。你有想过你妈妈不希望你找到她吗？

米莉捂着胃。

斯特拉转身，双手抱胸。他们不是你的祖父母吧？

米莉转过头。他们要帮我找到妈妈。

斯特拉坐下，倾身靠近米莉。我明天送你回家，小亲亲，她说。一切都会没事的，你以后就知道了。

米莉半夜醒来，从背包里拿出一张纸，便走出卧室，打开前门，然后用万用黏土把纸黏在门上。

我在这里，妈妈。

她依旧无法成眠，便在屋里游荡，拿起装饰品把玩，摸摸照片中的脸孔，坐在沙发上，试戴帽子。她在蒙尘的茶几上画图，然后打开后门，坐在台阶上。

月亮好大，照亮围篱内的后院，院子里堆着包有玻璃纸与缎带的一束束枯花。高挂的晾衣绳在风中慢慢转圈，嘎嘎作响。那堆花比米莉还高，都包着玻璃纸和粉红、绿色、红色等鲜艳色彩的缎带，但是花朵却都已经干枯。她走下台阶，上下抚摸花束，用手背往上掠过，再用手心往下摸。那堆花就像米莉在书上看过的地球横截图，就像土壤的剖面。

后来，她在"死掉的东西"本子里写上：三十，斯特拉的花束。

她的思绪飘离躯壳，回到医院去看爸爸。米莉从没看过有谁收到过么多花，她仰卧在他的病床底下，看着所有访客的脚。有小脚、大脚，和不小也不大的脚。有红鞋、黑鞋、绿鞋。

所有访客的脚都离开之后,她爸爸说,不知道米莉跑到哪里去了。他呼吸浊重,如同老人或胖子,可是他既不老也不胖。

不知道,她妈妈说,双脚在偌大的扶手椅下左右交叉,接着又换脚。可能去抢银行,或鼓吹世界和平了吧。

他们说出口的字母又大又圆,仿佛对着彼此眨眼睛。

她往爸爸垂在床边的手爬过去,她从没看过那只手如此苍白。机器发出哔哔声、叭叭声、尖锐的声响。她伸出手,握住父亲。

如今她爬到花束顶端,双腿陷进玻璃纸和枯花中,犹如没入流沙。她想着充满盐分的湖、鱼做的树①、人们如何找不到自己,以及完全不同于米莉想象的世界。她想到斯特拉说没有人知道海床的动静,纳闷"海底人"是不是在那里过着幸福快乐的日子,看着"海底"电视,听着彼此的"海底笑话"哈哈大笑。他们是不是把天空唤作海洋,把海洋称为天空?他们的音乐会像泡泡般飘过空中,必须戳破泡泡才能听到声音?那个世界多么宁静又充满惊喜,每当有人戳破泡泡,别人就会大吃一惊,噔噔!可是这就会导致更多人被车撞,要在对街呼唤母

---

① 红皮尤加利英文俗名 salmon gum,字面意义为鲑鱼橡胶树。

亲也更难了。如果装着"救命啊"声响的泡泡飘过天空，却给喷射机戳破，那么引擎隆隆声就会盖住呼救声，那可该怎么办才好？

晾衣绳在空中转啊转，发出旧床铺的嘎吱声。她拿起最顶端的鲜花，卡片上写着，埃罗尔。

米莉在卡片的下方用小小的字体写"马上回来，妈妈"，便捧着埃罗尔的花走出前院，往路上走。她找到墓园时，有街灯照亮，那里不像家乡的墓园，整块都很平坦，地上也没有草皮。米莉放眼所及，尽是整片的红土。上漆的大水桶里放着红色和紫色鲜花，路边的高大尤加利树俯瞰着墓碑。她仰头观望树顶，爸爸永远都在天空中。她边走边摸树皮，心想，难道树木就不需要遮阳吗？树皮发烫，散发着日间的余温。墓碑因为红土而变得略带粉红色，墓园中有标示牌隔开不同的宗教，米莉心想，人们就不会上错天堂了。

这个想法也让她的胃部一紧：我会和爸爸上同样的天堂吗？接着她又更惊慌，他上的是哪个天堂？她以前都没想过要问他。

旁边没有车子呼啸而过，也没有隆隆的飞机引擎声或啾啾鸟鸣，只有树梢的叶子互相摩擦的声音，犹如人们在门垫上摩擦鞋子的声响。这种声音最理想，根本不算是声音，这种恰到好处的声音刚好足以让她知道自己还在墓园。

接着她便看到了。第一条岔路右转的转角。

米莉跪在墓碑旁,小心翼翼地把花放在前面,红色的砂砾压进她的膝盖。她舔舔手指,抹掉墓碑铭文上的尘土。

埃罗尔,米莉说。他的名字就刻在那里,仿佛把他吸了进去。

出生日期与死亡日期向来就是墓碑上的重要资讯,一定要用大号字体来写,两个日期中间的破折号则小到看不见。应该照死者生前的人生经历,决定破折号应该又大又鲜明又令人惊艳,或是轻描淡写地画过。这个破折号应该要能体现这个"死掉的东西"活得是否精彩。

埃罗尔知道他的人生会成为墓碑上的破折号吗?知道他做过的每件事、吃过的每样食物、搭过的每次车程、给过的每个亲吻都会成为石头上的一条线吗?知道他会和一堆陌生人并肩长眠在某个公园吗?

米莉面朝上躺下,头顶贴着墓碑底部,尽可能拉长身体,伸直双臂,张开手指好让每根指头尽量互相远离。

她从树叶缝隙中望着夜空,只想到一个字,便大声说出来。

爸?

电光石火之间,她确定自己是世上有史以来最渺小的物体,比背上的砂砾还小,也小过脚边的蚂蚁;世界如此之大,充满了树木、星辰和逐渐凋零的生物,也许她就是一个小小破折号。

米莉确知的事

当她的爸爸住院时,她说不出口。爸爸,你要成为死掉的东西了吗?

阿加莎·潘瑟

晚间9点06分：坐在陌生屋子里的陌生房间中的陌生椅子上，用陌生的茶杯喝着这个时间绝对不会喝的茶，而且努力不去想这件事。你的手怎么了？阿加莎对打字员大声说。打字员把茶放在茶几上，两手夹在腋下藏起来。没什么，他说。怎么会抽动个不停？她说。那不是抽动，他回答，只是正在打字。打字？她说。打字，他确认。为什么？她问。他耸肩。你不想告诉我？她说。不太想，他回答。

9点11分：这杯茶难喝死了！她对他大声低语。

9点13分：那是什么？他说。她的"老化笔记本"从手提袋上方凸出来。日记吗？她把本子塞回去，拉上拉链。什么什么？她说。你刚刚放回皮包里的东西，他说。我没把东西放回皮包啊，她说。你明明就有，他说。我没有，她说。

9点16分：你的老婆呢？阿加莎说。过世了，他回答。罗恩也走了,她说。在宠物店外心脏病发。你呢?他把手压在大腿下,癌症。阿加莎点点头。

9点17分:你为什么跑到我家去烦我?她说。也许你爱上我了?她补上一句。我没有爱上你,打字员说。爱上我的人就会这么说!阿加莎说。我根本不认识你,他说。对,她说,你不认识。

9点18分:其实她想说的是,你后来怎么不来了?

9点20分:打字员靠着沙发椅背睡着,张着嘴打呼。

9点22分:他们永垂不朽,她悄悄说,苟延残喘的我们才会老朽凋零。

9点23分:阿加莎·潘瑟任由自己陷入孤寂。

专业打字员卡尔

卡尔凌晨摸黑到走廊找厕所,听到斯特拉在厨房通电话便停下脚步。

对,她说。这孩子被遗弃,没错。

卡尔背贴着厨房门口的墙壁。厨房的灯光横过走廊,犹如通往另一个更美好世界的入口。

我也不清楚,她继续说。她妈妈不告而别,她爸爸过世了。两个老人正在帮她。她停顿了一会儿,对,听着,我不知道。那个女人是神经病,那个男人也没好到哪里去。他们就是……老人家吧。

卡尔两手十指紧贴。

太好了,她说。好,我明天送他们过去。伯特,她稍作迟疑,抱歉这么早打电话,我光想到就睡不着。她又停顿了一会儿。你人真好,伯特。再见。

卡尔的胃一阵翻绞。他听到话筒放回去的声音，电灯被关掉，另一个更好的世界随之消失。卡尔紧贴着墙壁不敢呼吸，用力闭上双眼，思考逻辑一如孩童：只要我看不到你，你就看不到我。

卡尔张开眼睛，看到斯特拉的身影走到走廊尽头，转进卧室。他走进厨房，盯着电话看。斯特拉的钥匙就放在厨房桌上，冰冷的金属静静躺着，恍若外来的昆虫。

他溜进阿加莎的房间。阿加莎，他不敢再放大音量，试图轻轻摇醒她。她鼾声如雷。阿加莎，他又叫了一次，这回更大声。

什么事？她坐起身，把被子拉到下巴。你是谁？想对我做什么？她在床头桌上摸索着眼镜。

嘘，卡尔递上眼镜。拜托你，阿加莎。

她戴上眼镜，瞪着他。打字员，我告诉你，你休想上我的床！现在是早上 4 点 46 分，我还要睡觉！

卡尔坐在他的床边，大腿之下感受到床榻的温度。我们得走了，阿加莎，现在就走。

他们打开米莉房间的灯，却找不到她。

卡尔抓起曼尼夹在腋下，阿加莎拿了米莉的背包，两人尽可能别让地板发出声音,蹑手蹑脚地离开斯特拉家。曼尼的一条腿从米莉背包里往外凸出,塑胶脚趾在阿加莎脑袋后方上下跳动。卡尔把曼尼靠在斯特拉的巴士上,一手搭着他的肩膀,张大眼睛留守,曼尼,他郑重地说。

他是塑胶娃娃,打字员,阿加莎嘘他,然后把背包放在曼尼旁边。

卡尔和阿加莎在街上呼唤米莉,在车子底下、别人家的院子里和树上找她的身影。

他们经过墓园,听到动静。卡尔就着闪烁的路灯,看到墓园另一端有三名醉汉踉跄地走来。男人大笑、满嘴脏话。其中一个试图爬树,另一个直接对着空中撒尿,第三个则把酒瓶丢到墓碑上。酒瓶碎裂,声音在黑夜中格外响亮。附近人家的狗开始狂吠。

糟了,卡尔说。

怎么了?

卡尔往前指。

糟了,阿加莎说。

米莉就在那边,离醉汉不远,背靠墓碑坐着。

他们向她走过去,卡尔穿过大门的黑铁栏杆。

我不能进去,阿加莎迅速说。我不……然后停顿。里面都是死人,她默默地说。你不能逼我。

失物招领

醉汉看到米莉。嘿,他们说,你摸黑在这里做什么?你还只是小朋友吧?米莉站起来,卡尔感到一阵恶心,又有个酒瓶被砸破。米莉想远离他们,但是他们团团围住她。你自以为是爱探险的朵拉吗?

阿加莎把手伸到卡尔的手心。

这个动作触动了某种反应,一阵电流窜上他的手臂,脑子似乎从长久的冬眠中启动。就像男版睡美人,一定有这样的人物,但是他现在思绪紊乱,只能想到她的手,湿黏又粗糙,相形之下,他的手好柔软。

你一个人在这里做什么,朵拉?

阿加莎捏捏卡尔的手。

卡尔用眼角余光瞄她。那道电流啊。他转身面对她,我们要把巴士开走,他低语。

什么意思,什么叫做我们要开走?阿加莎也压低声音。

我是说,他把斯特拉的钥匙交给她。去开车,我们要偷车。他觉得阿加莎似乎笑了,也可能只是嘴角抽动,他不确定。

我不——她开口,但是卡尔已经跑走,只是那模样就像脚步沉重的克利夫·扬[①]。醉汉对米莉挥舞着啤酒瓶,要不要喝

[①] Cliff Young (1922—2003),澳大利亚的一名农夫,也是超级马拉松选手,最著名的事迹是在六十一岁时赢得超马比赛。

我的丛林果汁啊，朵拉？其中一个说。米莉表情惊恐。卡尔不知道他到底要怎么办，只想着伊芙伊芙伊芙，她一定有办法。然而他非赶过去不可，因为米莉只是个孩子，她只是个孩子。嘿，他接近时对他们说，但是对方没听到，所以他大叫，嘿！他们全都转身，米莉奔向他，紧紧抱住他的大腿。他一手放在她的头上，然后站到她前面，挡开那些男人。嘿，他又说一次，这次语调较为平静，同时站稳脚步。

这三个男人看着像是同一个人，都穿着蓝色牛仔裤、工作靴，头发全往怪异的方向乱窜，那绝对不是经过精心打理的发型，仿佛他们是在风洞里喷的发胶。他们盯着卡尔的眼神茫然，他似乎成了隐形人，他们只是追声寻人。其中一个戴着有冲浪品牌商标的蓝色卡车司机帽，另一个的T恤上写着"乳房警察"，第三个穿着长袖法兰绒衬衫。是朵拉的爷爷！蓝帽子说，还推了卡尔一把。卡尔说，我不想惹事。乳房警察说，你没听过吗，死老头？这里是喀尔墓园托儿所。卡尔开始倒退，还学电影中的角色，边走边举起双手。蓝帽子说，我们只是要给朵拉喝牛奶，然后带她上床睡觉，接着又推了把卡尔，卡尔因此绊了一下。卡尔说，你们想对我怎样都可以，请不要伤害小女孩，她只是个孩子，放她走。他们红着眼，挥舞双臂，从各个角度逼近一老一小。三人满身酒气，卡尔看出他们根本不在乎，不在乎自己，不在乎性命，所以这三个醉汉更加危险。卡尔说，米莉,快跑,走啊。但是她没走,她牵着他的手,脸埋在他的腿上,他闭上眼睛,心想,这就是我的尽头了。

结果出现一个声音。喝太多了!阿加莎从醉汉后方出现,挥舞着曼尼的腿当武器。她一棒打在法兰绒衬衫头顶,他应声倒下,还撞到墓碑,立刻昏过去。她对另外两人疯狂挥舞塑胶腿。

嘿,蓝帽子说。

喂喂喂,太太,乳房警察口齿不清地说。我们只是——他倒向树干,抱住树,脸埋上去,整个人活像是果冻做成的——找点乐子。

是吗?阿加莎说。是吗?我可不觉得哪里好玩!她挥向蓝帽子,这次没打中。

蓝帽子两手放在后脑勺,不断扭动着胯下。你要的是这个吗?他说。开口问就好了嘛,宝贝。

阿加莎走向他,使劲往他的胫骨踢。嘿,他抓着腿跳了几步,结果倒在泥地上。

裤子太紧了!她用曼尼的腿挥向乳房警察,没打到他的膝盖骨。牙齿不够多!这一挥差点击中手肘。前途渺茫!

你疯了,太太,蓝帽子说。阿加莎低头看他,又是一踹,这次是直踢屁股。别踢了,然后伸手抓她的脚踝,但是没抓到,一脸栽到地上。

阿加莎站在他两只手上。我——他试图挣脱——没——然后抬头想对她啐口水——疯！她一脚把沙子踢向他的脸。

快跑啊，老兄，蓝帽子模糊地说，然后从阿加莎身边爬开，试图站起来。太扯了。

对，乳房警察附议，太扯了。

我会写信给你们母亲！阿加莎说。

你说我老妈什么？蓝帽子说。

走吧，乳房警察说。

不行，蓝帽子说。告诉你，太太。我们会去找努纳、斯卡布和菲力，再回来找你们算账。他摇摇晃晃地指着阿加莎，然后吐在自己的衬衫上。可恶，他说，该死。

别想了，伙计，乳房警察说。

可这不是我的衣服。

放心，洗得掉的。

他们老情人似的搭着肩，摇摇晃晃地以Z字形走向出口，犹如滑雪，还边走边唱着不着调的足球歌曲。起来吧，努力吧，让我们拿回超级联赛奖旗。

米莉环腰抱住阿加莎，她笨拙地拍拍她的头。卡尔也想拥抱阿加莎，想把他的下巴搁在她的头顶说，谢谢你，另一只手放在米莉的头上说，你没事了，却没这么做。布兰森·斯派克会怎么做呢？结果他说，你们两个上车，车上才安全。他突然觉得强壮,可以掌控状况。我负责隐藏行踪,他向法兰绒衬衫的方向点头示意。

阿加莎怀疑地看着他。不要搞太久,你也听到了,肥仔、废柴和懒汉①要来了。

一分钟,卡尔说。

阿加莎和米莉走出墓园,卡尔拿出养老院偷来的马克笔,蹲在墓碑旁,卷起法兰绒衬衫的袖子,在他的前臂写下,专业打字员卡尔到此一游。后退一步,欣赏自己的字体,露出大大的微笑。法兰绒衬衫手上的汗水导致墨水无法附着,字迹活像恐怖片的片名。

卡尔瞄向马路,天光渐亮,他们得赶快离开。他伸进法兰绒衬衫的口袋,拿出皮夹打开。他觉得活力四射,好似他努力一辈子就为了成为现在这个人。

他心想,我是专业打字员卡尔,现在式。

旭日逐渐东升,卡尔自觉所向无敌。他做出了决策,保护了妇孺——没错,这位女子也帮了点忙——损毁公共物品,偷

---

① 阿加莎故意将三人原名 Fleety、Nunnas、Scob 误读为 Flooty、Nunchuck、Scab,表示调侃。

了钱，拒绝逮捕。他跨过前座的曼尼，煞有介事地帮他扣好安全带时，脸上那抹微笑始终抹不掉。米莉坐在曼尼旁边，抱着他松脱的一条腿。

曼尼，你很好地保护了巴士，卡尔拍拍他的头。

对，米莉凑到曼尼身边，头靠在他身上，做得好，曼尼。

好好好，阿加莎坐上驾驶座，在手提袋中摸索着。塑胶人偶做得非常好。

我们要偷这部巴士？米莉说。

我们要载你去找妈妈，米莉，卡尔说。

我们要坐火车吗？

对，米莉。

我没有钱。

卡尔觉得那叠现金在他的口袋里跳动着，那件事情包在我身上。

米莉望出窗外，看着斯特拉的家。所以我们要偷走这辆巴士？

是借用。

就像你借用那些电脑打字键？

没错，一模一样。

所以我们要偷车。

对。

可是这是斯特拉的车。

对，不是我们的。

斯特拉的弟弟过世了。

我现在才听说。

我们不该偷这辆巴士。

有时候大人知道怎么做最好，卡尔说。

有时大人什么也不知道，米莉说。

然而在他们继续讨论谁最清楚状况时，蓝帽子走到车前。嘿，他敲打引擎盖。

关车门，阿加莎，卡尔静静地说。

我不知——

嘿，蓝帽子又说，这次还踢轮胎。我说过会回来找你们算账。

卡尔站起来，看到乳房警察就站在车旁，车子另一侧则站着另一个没见过的男子。乳房警察拿着板球拍，不怀好意地冲着窗内的卡尔笑。两个男人用手掌拍打车身。关门，阿加莎，卡尔又说，这次提高音量。

要怎么——

嘿，蓝帽子站在巴士台阶外，挥舞着破酒瓶，眼神凶恶，鼻孔放大。快关门啊，阿加莎！卡尔大叫，蓝帽子已经登上台阶，阿加莎终于找到按钮，用力往下拍。蓝帽子半个人在车上，半个人在车外。他从空隙挤进一条手臂,再用肩膀推挤关上的车门。蓝帽子拼命挥舞破酒瓶,卡尔想把他推下车时,手差点给酒瓶刮到。米莉,退后点,卡尔说。米莉找到东西丢向那名男子,有急救箱、眼镜、一件T恤和一个苹果核。蓝帽子如同业余剑手,一一用酒瓶挡开。卡尔想踢他,又得保持距离。巴士后方有扇窗户被打破。卡尔说,开车啊,快开车,阿加莎!

我已经七年没开过车!

自己想办法!

好吧,我不知道——是不是——是这个吗——

你办得到的,阿加莎,米莉说。

巴士顿了一下又停,最后终于启动。我办到了!成功了!阿加莎说,现在呢?

开车啊!

喔,对!

巴士开始缓慢地行驶,速度忽快忽慢。蓝帽子一脚在车上,一手抓着车门边缘。卡尔解开曼尼的安全带,把他高举过头顶,然后说,曼尼,一点也不会痛,其实他在说谎,接着便要把曼尼丢向蓝帽子。卡尔知道,曼尼将再度拯救他们,敲掉蓝帽子手上的酒瓶,让他站不稳,还砸向他的指尖。说再见吧,蓝帽子,卡尔说。此时,时间似乎突然放慢,巴士车身的拍打声就像遥远岛屿上的模糊鼓声,就在这一刻,卡尔发现这个男人只是个醉酒的愤怒男孩,根本不是成年男子。他满脸青春痘,眼里充满无处可发泄的怒气。他的怒意其来有自,卡尔不是激怒他的理由。卡尔认出这是成为男子汉的挣扎,想对他说,没事,我站在你这边,有那么片刻,他自认为可以和这个醉汉,这个喝醉的男孩打商量,因此他放下曼尼。但是电光石火间,这个喝醉的半大不小少年已经往前刺,在卡尔手心上划出一道伤口。

卡尔,后方的米莉说。

怎么了?阿加莎说,巴士为了闪过水沟而急转弯。

没事,卡尔说,虽然他不知道是否没事,想到手掌心冒出的鲜血就膝盖发软,因此故意不去看。他不再试图同情这个喝醉的青少年。你知道,小醉鬼,他心想,我也对很多事情感到愤怒。接着便把所有怒气集中到手臂上,他自觉像是超人或绿巨人,或是昨天早上那个十六岁男孩,然后威武地高举曼尼,使尽力气丢向门口。

但是巴士刚好开过减速路障,卡尔一个没站稳,结果曼尼被抛到空中,卡尔跌坐在地上,曼尼就掉在他身边。巴士还在缓缓行进,蓝帽子必须疾速跳行才能跟上车速。米莉用脚推挤蓝帽子的脚,接着一口咬向他的小腿,蓝帽子口出秽言,对她挥舞酒瓶,卡尔说,米莉,快走开。阿加莎开向排水沟,噢!她差点撞上草地上的大树。她再度开回马路,蓝帽子往后跌出车外。

卡尔和米莉奔向车边的窗户,看着他在后方的马路上打滚。

大家都没事吧?卡尔说。贾斯特·米莉?

应该没事,米莉坐回阿加莎旁边的座位。

卡尔捡起地上的曼尼,检查他有没有损毁。阿加莎呢?

喔,我没事!阿加莎说。很好,只是有点创伤后遗症,除此之外,我好得很!他消失了吗?巴士往前开,经过小小的暗色砖屋。路上有穿制服的孩子,正在取报纸的穿睡袍男子,一位遛狗的女士。

不见了,卡尔说。他坐在米莉对面的座位上,曼尼就放在他的大腿上。

很好,阿加莎说。因为现在是早上6点06分!她指着自己的手表。

所以呢?卡尔说,检查手上的伤口,略感头晕。

你!葬礼队长!阿加莎转身面对米莉,换你来开。

我才七岁。

没错,我七岁的时候已经开着半拖车在乡下跑了。

才怪。

来开车就对了!阿加莎爬出驾驶座。

阿加莎,卡尔说,你搞什么?他跳起来抓住方向盘,免得车子冲向路边。

阿加莎重重地坐在米莉旁边,打开手提袋。她把练习簿和

失物招领

小镜子放在腿上,还在面前举起一把尺。

卡尔从后视镜里看她。阿加莎,你这是——

听好了,怪手指老头!阿加莎说。我很忙,现在不要使唤我!便忙着在练习簿上写笔记。

米莉·伯德

转错几个路口,掉转几次车头,争执了几次之后,终于抵达了卡尔古利车站。他们漫步走向月台时,发现车外的空气湿黏,叫人难以呼吸。火车到站,乘客和行李缓缓上车。游客在车身上印着的"印度太平洋列车"①商标前彼此拍照留念,穿着制服的男女乘务员检查车票,指引乘客走向各个车厢。家人拥抱、哭泣、欢笑。

卡尔买了车票之后,照指示进入卧铺车厢。他们的房间很小,有张沙发可以摊成床,角落有个洗手槽,还有一面拉上窗帘的大窗户。

车窗外的月台出现骚动。男人的声音说,小姐,你没有车

---

① Indian Pacific,建于二十世纪初,是澳大利亚境内最长的铁路,连接珀斯和悉尼,也是全球第二长的东西向铁道,以舒适的车厢设备和独特的沿线风光闻名。

票，我不能让你上车。火车就快出发了。

帮帮忙嘛，德里克，女人的声音说。我们以前是同学，我七年级的时候还和你哥哥交往过，以前周日还去你家吃烤肉。

斯特拉，火车必须严守时间，男人的声音说。我帮不上忙，你也很清楚时刻表这种事情。

米莉拉开窗帘。斯特拉？她说。米莉敲敲窗户，用力推开。斯特拉，她大叫。

天啊，卡尔迅速蹲下。

火车即将出发，月台上穿制服的男人登上火车，大喊。

斯特拉对男人挥手，奔向他们的窗户。我看到你了，卡尔，她说。

卡尔起身时，火车刚好开始移动。他稍微踉跄了一下。

我的钥匙呢？斯特拉跟着火车往前走。

在车上，卡尔怯生生地回答。

你最好帮她找到她妈妈，斯特拉说。

他看着米莉。我们会努力，他说。

你会没事吧，小亲亲？斯特拉说。

米莉点头，没事。

你保证？

我保证。

那就好。斯特拉停下脚步，两手插进裤袋。

火车开始加速,米莉看着斯特拉在月台上的身影逐渐变小。她看着自己的保冷套说,但是我希望你一起来。她觉得泪水就快决堤,她忍不住,因为斯特拉很和善,而且她的爸爸死了,妈妈活着也等于死了。米莉看着斯特拉,直到再也看不到,直到她的腹部深处隐隐作痛。她认识的成年人一个个带走她一小部分的胃,而且没有一个人归还。

第三部分

专业打字员卡尔

火车开始行进时,卡尔把女孩们和曼尼留在卧铺车厢,自己前往洗手间。清理伤口、拍干,用卫生纸包扎。他瞥到镜中的自己,他向来觉得照镜子让他很不自在,而且随着年纪越大,越发古怪。他知道自己的长相,看到的却不是那张脸。你怎么会待在一张脸孔后面八十七年,每次看到都还感到意外?他突然想到,任何人都比他更了解他的脸孔,他甚至不熟悉自己的表情。他试着装得愤怒。悲伤。快乐。担忧。深思。怀念。被人需要。但是他只看到疲惫,如此疲惫。

我再也不可能发生性行为,他说。生着这张脸就不可能。他闭上眼睛,嘟起嘴唇,凑向镜子。他睁开眼睛,看到死神般的人试图亲吻他,不自觉往后退。

没错,他说,就是这样。但是伊芙爱他,也爱这张脸。他用没受伤的手梳理头发,几乎摸不到稀薄的干枯发束。

他好嫉妒昨天那名少年，那个少年的胸膛一如查尔顿·赫斯特在《宾虚》中的架势。他好想拥有他的所有，那副身材、那个女孩、那部车、那份自由自在、那种思考模式。还有那头头发，那头该死的头发。为了那头在风中飞扬的头发，他在所不惜。但是那个男孩就不该嫉妒卡尔吗？难道他不纳闷卡尔的见识和人生阅历吗？

难道他不会看着卡尔，心想，要是我能过你的人生就好了？

卡尔回到卧铺车厢时，米莉已经在门上贴了另一张**我在这里，妈妈**，阿加莎则瘫开四肢，躺在床上，眼睛闭上，嘴巴大开。

米莉举起一根手指放在嘴唇上，嘘。卡尔点头。米莉要他靠近一点，她背起背包。我可以去探险吗？她轻声说。

当然可以，卡尔轻声回答。不要跟陌生人说话就好。

你就是陌生人。

卡尔想了一下，其他的陌生人。

米莉带上门，卡尔帮阿加莎垫了一个枕头。他坐在她旁边，背靠墙壁，双手放在腿上，望着窗外。红色，绿色，蓝色。泥土地，矮树丛，天空。依次不断重复。低矮的树丛和小树看起来就像摸索地面的驼背，偶尔穿插着几棵从红土地中拔起的参天大树。

曼尼靠着角落的洗手槽。睡着了,卡尔对他点头示意,悄悄说。她昨晚太累。

阿加莎打呼,动了一下便转身。他可以感受到身边的她的体温,也记得伊芙曾躺在他旁边。卡尔拉上窗帘。

卡尔知道的小伊二三事　(二)

她就像蒲公英,似乎吹一口气就会让她飘向天空,不见踪影。她也很安静,不只说话轻声细语,举手投足也很轻柔细腻,仿佛身边随时都有人在睡觉。走路总是蹑手蹑脚,清晨一起去海滨散步时,她在沙滩上几乎不留足迹。

她太安静吗?也许。但是他认为,人人各有自己的过与不及。

而且她是他所认识情绪最稳定的人。她的每字每句都经过审慎思量,似乎先把句子放入量杯,抚平顶端,才倒给世人。她心中有许多空间可以容纳他,容纳其他人。她总是放下枪支,高举双臂,欣然展现多数人无法坦荡面对的脆弱。

每当在她身边,卡尔总觉得自己脚步太重,踩得脚下落叶嘎吱响,打起喷嚏仿佛要撕裂周围的空气。他不喜欢自己如此粗手粗脚,然而只要抚摸她,她也报以轻抚,他就觉得自己变得柔和。而她眼睛周围的线条，那些越来越深、越长、越多的线条，更让他明白她了解他。

⌒

我在这里，小伊，他轻声说，泪水滑落脸庞。他张开眼睛，阿加莎已经起身，脸还凑上来。卡尔吓得跳起来。

罗恩？怎么了，罗恩？她说。她戴着眼镜，但是光线昏暗，看不清楚彼此。

阿加莎，卡尔说，我不是——

她一手遮住他的嘴。罗恩，她两手捧着他的脸颊，用大拇指抹去他的泪水。我很抱歉，她说。

卡尔不知道该回答什么。没关系，他说。

你因为我才哭吗？

不是，阿加莎。两人的鼻子几乎碰在一起。

我很抱歉，罗恩，然后倾身亲吻卡尔。

卡尔多么希望她就是伊芙，这辈子从未有过如此强烈的渴望。他深呼吸，闭上眼睛，等着她的嘴唇迎上。然而任何事情都没发生，阿加莎的头已经靠在他的胸膛打鼾了。

他叹口气，扶她躺回原来睡觉的位置。阿加莎躺着，脚上还穿着低跟鞋，脑袋靠在枕头上，嘴巴张开，鼾声大作，四周墙壁传来回音。她的鼾声自成音律，忽大忽小的声音证明生命的起起落落。他想用曲线图画出这种声音,想象白纸上的山峦,是宽广弯曲、起起伏伏的曲线。

他稍微拉开窗帘,看着躺在身边的阿加莎,倏然想到自己从未盯着任何人看过。他记得小时候会瞪着人看,但是他当时并不知道别人看得到他的眼睛。他看着人又怎么样?为什么每个人都害怕别人盯着自己?他又是何时不再直视别人?肯定有那么一刻让他明白这个举动的涵义,但是到底有什么涵义呢?

你似乎没有这个问题,他对曼尼轻声说,他从卧铺车厢的角落直勾勾地看着他。

他记得自己盯着伊芙看。不知为何,这个举动在恋爱时又不成问题。年轻时,他们躺在床上,用鼻子摩娑对方,双脚交缠,四目相对。他很清楚她全身上下每个角落,却还是看得无法自已。他永远可以发现新角度,光线从她身上反射的模样,或是新的折痕。

卡尔知道的二三事:阿加莎不是伊芙

那是当然。他想象阿加莎穿着军装站在桌边,倾身往前,拳头压在桌上,手指着地图,宣布即将侵犯哪个国家,指挥着手下的男人。他喜欢她身上这种崭新的女性气质,他可以因此不必时时扮演男子汉。

卡尔知道自己是男人，毕竟他有男性阳具，但是他向来不知道如何像个男人般走路、说话或打扮。即使到了八十七岁的现在，他还是觉得自己像是偷抽父亲雪茄，偷穿父亲工作服的小男孩。

阿加莎的鼻子抽动，她咂咂嘴，双手在腹部交叠。他端详着她的手指，又大又厚实，他想象它们重重地落在打字机键上，犹如把一袋衣服从七楼丢下。

他和阿加莎并肩躺在小床上，双手抱胸，听着阿加莎打呼。她的背靠着他的手臂。窗外远方有农舍，屋子附近散布着生锈的车子、不明用途的机器，似乎是从天而降。青草从窗内、轮胎中间和靴子里窜出来，犹如男子的胸毛从领口冒出来。卡尔瞄了眼衬衫底下，鼓起胸肌，长叹一声，揉揉脖子。雨水沿着窗户往下流，他可以看到地平线那头下着雨和没下雨的地方，一朵朵的乌云瘀青似的盘旋在沙漠上，那般厚重。

阿加莎的练习簿就放在旁边的床上。他看看本子，看看她，又看看本子。封面用细长的字体写着"老化"，底下用几乎模糊难辨的小字写着"阿加莎·潘瑟的"（**不准拿**）。他一边盯着她，一边拿起本子，用拇指翻开。本子上的字体充满怒气，似乎想压烂纸张。光看着就觉得不舒服。

他把本子放回去，火车的律动从背部传来，节奏犹如左右摇摆的摇篮，如同一股乡愁。

米莉·伯德

　　米莉坐在车厢公共区域的长凳上，后脑勺靠在窗户上。对面有位女士正在念书给小女孩听，她比米莉小一点，书上的字不多，问的都是些简单问题。牛会做什么呢？妈妈问，然后提示小女孩，哞，小朋友便回音似的模仿母亲，妈妈就鼓励她，好似她发明了乳牛。小女孩伸长脖子，两腿荡啊荡，那个妈妈凑过去亲吻她的头顶。米莉闭上眼睛，希望她亲的是她的头。当母亲说，马儿会做什么呢？米莉立刻说，嘶嘶叫！还学马儿一般往后仰。她抬头看那位女士，希望得到回报，对方看着米莉的眼神仿佛她闯了祸。

　　米莉瞬间恨起这个小女孩。你知道，她跳下椅子直视她，你可能今天就会死翘翘，然后走到下一节车厢。

　　三明治

　　什么？

　　还有窗帘

失物招领

你看

马铃薯

米莉走进餐车,坐进某个卡座,人造皮座椅黏着她的小腿肚。她看着世界从窗边经过,如果她把手放在眼睛周围圈成护目镜的模样,世界就成了快速移动的红色、绿色和黄色。这个景象既恐怖,又令人觉得刺激,两者兼具。她想,所有事情都是一体两面。告别斯特拉让她很伤心,但是能和卡尔与阿加莎一起离开也令她开心。父亲过世让她伤心,但是他的身体不再痛苦也令她开心。她对妈妈又爱又恨。人们可以同时爱某个人又痛恨他吗?只要爱多过恨,对方会原谅你吗?他们愿意让你找到吗?她拿下护目镜,靠向椅背,仔细打量每样东西,那种感觉似乎一切都不会结束,也无从开始。

有位身穿"印太列车"制服的女士向米莉走来,她有一头金色长发,微笑时连眼睛都闪闪发亮。请问,米莉用最有礼貌的声音说,什么时候才会到墨尔本?我得在两天之内赶到那里。

那名女士同情地对米莉微笑。噢,小亲亲,她说,我知道这段路很长。她的手伸进口袋,拿去,递给米莉一包"焦糖考拉"①巧克力。

米莉斜瞄手上的巧克力,然后抬头看那位女士。我必须在

---

① Caramello Koala,澳大利亚品牌的巧克力,做成树袋熊形状,里面有焦糖夹心。

两天之内赶到,她又说了一次。

女子笑了。我去拿着色本给你,便走掉。

米莉咬掉无尾熊的腿,扩音器传来男子的声音。大家早,欢迎刚从卡尔古利上车的乘客,感谢你们搭乘印度太平洋列车,相信各位一定能拥有愉快的旅程。本人会利用扩音器宣布重要事项,顺便介绍沿途美景。列车稍后即将经过纳拉伯平原,"纳拉伯"一词源自拉丁文,意思是"空无一树",但是当地遍布银叶相思树和滨藜,这些都是水分需求低,可以在盐地栽种的品种。这块平原是世上最大的石灰岩,有两千万到两千五百万年之久,面积是英格兰的两倍大。这里以前也是浅海床,多半由贝壳所构成。

米莉把脸压向窗户。原来海床就是这个模样啊,她说。她得记得告诉斯特拉,因此把这件事储存在脑子里专门记忆的位置。

隔壁桌有个年龄相仿的男孩正在看漫画。封面上的男子穿着披风,一手高举在面前,风吹着他的头发,他的另一只手还挟着一个人。他们脚下的建筑物着火燃烧,斗篷男子的手腕上有个装置,上面都是灯泡和按钮。

米莉看着自己套在上臂的爸爸的保冷套,想象自己穿着披风,在车厢走道之间飞翔,飞过所有人的头顶,拯救大家。最后还飞出火车,直奔墨尔本。她的母亲必须原谅她,因为她实在太棒了。她和男孩的目光在漫画上方对上,他似乎正在怂恿她。

因此米莉溜到一等车厢——

后来我拿了苹果

起初我以为

怎么会

新斯科舍省?

——偷了一条白桌巾。她从背包里拿出葬礼铅笔盒,用黑色马克笔在桌巾上写下 CF,然后系上脖子。接着又脱下橡胶靴,在右脚写 C,左脚写 F。然后在一只手臂上写下**在这里,妈妈**,另一只手写**对不起,妈妈**。她收集了餐车里所有的菜单,在欢迎搭乘印太列车字样旁边,用最工整的字体写下,**你们每个人都会死**。下面再用大写字母写下,**不过没关系**,然后画上一张笑脸。

她望着某名女子精心搽口红,等对方不注意时,米莉伸进她的皮包,拿走唇膏。借用一下,米莉说。她用口红在窗户底下、洗手间镜子、餐桌桌面上留下讯息。却没有人发现。

她走过车厢走道,觉得白色披风在背后飘扬,靴子底下仿佛也多了弹簧。人们看着她,她也报以微笑,那笑容仿佛可以供给全世界足够电力。她加快速度,一手高举,握紧拳头。

有名老妇人把手放在隔壁的座位,似乎在想象着某个坐过那个位子的人的体温。米莉跪下来,爬向她。

你有一天会死,她说。

老妇低头看米莉,希望如此,亲爱的,然后摸摸米莉的头。

有个女孩坐在酒吧车厢地上,帮芭比娃娃梳头发。

你有一天会死翘翘,米莉站着俯瞰她。

女孩头也不抬,你才会。

我知道,米莉说。

一名父亲边阻止两个儿子互殴,边喂两三岁的小孩吃饭。

你们有一天都会死,米莉骄傲地站着,保冷套高举过头。

那个父亲遮住孩子的耳朵,闪边去,他说。

在旁边看杂志的母亲翻白眼,杰勒德,她只是个孩子。

杀人魔曼森①也曾经是小朋友!

杰勒德,我不是小朋友,米莉低声说着走开。

婴儿车里有个宝宝。米莉让他抓住她的手指,然后凑到他的面前。你也会死,她悄悄说。

他对她微笑,放了个屁,又笑了起来。

那个小鬼真他妈的怪

我知道

她发现有扇门上写着"列车长:德里克·方特勒罗伊"。她

---

① Charles Manson,美国恶名昭彰的杀人魔。

推开门,看到一名男子坐在桌边,双手托腮,手机放在耳边。

爸,不行,我正在上班

这就是我的正职啊

天啊,爸

你怎么不去问你最疼的儿子

这是事实啊

不要挂断

爸

爸

可恶

米莉用口红在他办公室外面的窗上写,**没关系的**。那排字仿佛沿着地平线飞翔。

米莉坐在餐厅车厢的餐桌下。每个人都好悲伤,只不过有人显露出来,有人加以隐藏;有人哀戚多时,有人刚感到悲愁。光想到要帮助每个人,就令她觉得筋疲力尽。超级英雄就是这种心情吗?她把脸埋进椅垫。

有个男孩从桌下冒出头,凑到她身边,就是先前看超级英雄漫画的人。他一头棕发,大眼睛似乎占据了整张脸。男孩和米莉对看。

我搭这班列车三十七次了,他终于开口。

那很好,她说。

我很了解这列火车,随便问我什么都行。

我很忙。

你是超级英雄,他指着她的披风。

对,她说。

我也是。

你是什么人物?

他叹气,一手支地托腮。这是秘密。

我是葬礼队长。

他坐直,我是万事通队长。

你负责什么?

呃,什么都做,他翻白眼。这不是废话吗?

喔。

你呢?

我还没做任何事情。

有运动鞋、夹脚拖和光脚经过。

你喜欢脚?男孩说。

米莉考虑了一会儿,通常喜欢。

我妈说绝对不要摸任何人的脚。她说除了门把、扶手、毛茸茸的背部之外,最恶心的东西就是脚。

还有东西更恶心。

例如说?

男孩子。

女生才恶心。

大便,米莉说。

应该说是你脸上的大便。

我奶奶的眼皮上都是疣。

她可能是巫婆。

你总有一天——

——会死,我知道。

你怎么知道?

大家都知道。

你偷听我说话!

才怪。

明明就有。

他靠向座脚。要吃燕麦棒吗?

米莉耸耸肩,好啊。

他们一起大声咀嚼。米莉很快就吃完她的那一份,男孩看着她,伸进口袋里拿饼干给米莉,她心怀感激地吃完。

你要去哪里?

旅行。

男孩再度翻白眼。废话,哪里?

她深呼吸,我们要去找妈妈,她忘了来接我。家里都没有她的东西了，之前，爸爸去住院，后来他死了。她可能因此才忘了去接我，才想去好远好远的地方，我必须在她离开之前找到她。

喔。

你妈妈人很好吗？米莉说。

还可以。

她会做什么事情？

妈妈都会做的事情。

例如说？

买东西给我。去接我。做饭给我吃等等。

我妈会带我去华纳影城，米莉说，就是黄金海岸那个。我们找到她之后，她就会带我去。

我去年去过了。

之后可能会去海洋世界。

那里的海豚秀还算可以啦。

我妈是海豚秀的工作人员，米莉说。

我没看到她。

你又不认得她。

你妈才不是海豚秀的工作人员。

接下来可能会去外太空。

你们去不了外太空，男孩双手抱胸。

谁说的？

大家都这么说。

我妈有个朋友去过外太空。

太空人吗？

他只是很有钱。

喔。你认识有钱人？

认得几个。

我认识很多有钱人。

才怪。

真的。我有个同学每天都花钱买午餐。

那又怎么样？米莉说。

每天喔。

她可以去外太空吗？

也许可以。

到时她要去哪里买午餐？

她当然会先买好，男孩说。

你的真名是什么？

我才不告诉你。你呢？

米莉·伯德。

我是杰瑞米。

杰瑞米什么？

不是，是杰里米·雅各布斯。

我喜欢你的名字。

谢谢，你的也不赖。

谢谢。

他们听到车厢另一端传来一个声音，抱歉，先生。

德里克经过他们身边，米莉只看到他的脚。黑鞋闪闪发亮，步伐笔直又迅速。请不要对窗户吐气，先生。

妈妈说他以前是停车巡查员，杰瑞米说。可是，他凑近米莉，后来被开除。因为他在计时收费器上动手脚，才能开更多罚单。

米莉从桌底下爬出去看他，虽然只看到他的背部，也能认出他就是刚刚通电话的男人。他的衬衫塞得整整齐齐，裤子上没有一条皱褶。他擦过每张桌子、座椅、墙壁等各种物体的表面，似乎正在和自己对抗。有个小孩脸上沾满燕麦饼，她的母亲正在排队买餐点。德里克用抹布粗暴地抹过她的脸，小女孩吓得呆住，接着便放声大哭。德里克则没事似的丢下尖叫的孩子，走过她母亲身边。不准在用餐车厢大哭，他说。

停车巡查员都会下地狱，米莉爬回桌子底下。

什么？

我爸爸说的。

喔。

送米莉"焦糖考拉"巧克力的女子把头探进桌底,你交到朋友啦,杰瑞米?

妈,她不是我的朋友。

她坐下来。那就是女朋友了。

妈!少来了。

她对米莉微笑,米莉也对她笑。她看起来人很好,杰瑞米的妈妈说。

才怪。

他人也不好,米莉说。

杰瑞米的妈妈大笑。那你们两个更般配了。

妈,杰瑞米两手抱胸。

我的休息时间快到了,宝贝,她对杰瑞米说。你过来和我一起吃饭吧?

他看着她的侧脸,可以玩 Uno 牌吗?

当然,亲爱的,她说。

闪亮的黑鞋停在杰瑞米妈妈旁边。梅丽莎,那个声音说。告诉你,我们付你薪水不是要你坐在地上。

知道了,德里克,杰瑞米的妈妈说。闪亮黑鞋径自走开。

他好可怕,妈,杰瑞米说。我不喜欢他。

乖儿子,不要对他太苛刻。其实他也只是个小鬼头。

才怪,他是大人。

乖儿子,我是说他的内心。她搔搔他的腹部。

米莉把双手放到自己的腹部。杰瑞米的母亲好美,闻起来就像个母亲,因此她说,你好漂亮,而且有妈妈的味道。对方的脸部线条变得柔和,一只温暖的手搭到米莉的腿上说,谢谢你,亲爱的。米莉好想缩在她怀中,永远不离开,却什么也没做,因为那名女士不是她的亲妈妈,你不能对别人的母亲做这种事情。其实大家应该可以拥抱亲妈以外的所有母亲,因为有些人失去妈咪,他们想抱人的时候该怎么办呢?

阿加莎·潘瑟

14点03分：车上广播惊醒阿加莎。各位先生女士，有劳您把手表往前调一个半小时，这趟旅程将以"火车时间"为准。若有进一步的调整，我们会另行通知。

阿加莎坐起来。"火车时间"？她调快所有手表。

15点32分：阿加莎拿出写申诉信的笔记本，开始写：亲爱的——车厢摇晃导致她的手颤了一下，最后的 r 拖过整张纸。讨厌，阿加莎说，撕掉纸张揉皱。亲爱的，她又下笔，然后打住。

阿加莎望出窗外，他们正以 Z 字形穿过矮树丛。澳大利亚树丛总让她觉得有东西对她哗啪或嘶嘶作响，参天大树仿佛承受着莫大的痛苦。还有那红土，那钻到你指甲底下、弄脏衣服，永远都洗不掉的红土。

她突然想到罗恩的头发。那头犹如铜线的红发。头顶梳平，前面一抹波浪，旁分的发线利落干净。她们邂逅的那年，她十五岁，他十八岁。那是一个敏感脆弱又神秘的阶段，她记得不常听到自己的声音，记得光是活着就让她觉得荒谬可笑。她总觉得有人盯着自己的皮肤，四目相对则是危险的举动。身体领她到她不情愿去的目的地，她只听说那个怪异的地方被唤为"女性特质"。没有人告诉她，一旦抵达之后该做什么。她只能到处乱走，希望没有人注意到她衣服底下的变化。

阿加莎在祖母家附近的公园初次见到罗恩。当时是在放学步行回家的路上，她知道自己太在意该如何走路，该如何摆动手臂，所有盯着她的人一定都看在眼里。

他对她说的第一句话是什么？

可以帮我们把球丢回来吗？应该就是这句。

男孩们正在玩板球。她听到了，却没抬头看。眼角瞥到球滚向脚边时，她全身肌肉紧绷。那颗球雪球似的不断滚来，在她的余光中变得越来越大。

可以帮我们把球丢回来吗？

他一手挡住阳光看她。他漫步走向她的姿态，他的声音，他比手势的动作，他的站姿。

你就不能捡个球吗？他捡起来时对她微笑。那不是问句，阿加莎看着地面。好吧，他便走开了。但是他的脚步有点迟疑，阿加莎注意到了，也放在心里，不断回味；那晚她躺在床上，两眼圆睁，盯着天花板。

后来他们结婚，买了房子，终生相守。她母亲过世时，他把手放在她的头顶。当时他只是要从水槽走回椅子，经过时便摸了她一下，虽然很短暂，却厚实地充满爱，她的脑袋仿佛就是因此没有垂到胸前。

每晚不必她开口，他一定帮她冲一杯浓缩牛肉汁。他不赌，不抽烟。她生病时，他便读新闻给她听。即使她的烤碎肉团做得乱七八糟，他依旧照吃不误。他不常笑，却从来不发牢骚。

所以他是好人啰？

他是好人吗？他比她好吗？比多数人都好？

15点46分：然而后来发生了那件事情。结婚多年后，阿加莎看到罗恩盯着其他女人的臀部看。对象就是隔壁那个塔卢拉还是蒂法妮来着的女人，总之就是手提包上会出现的名字。那个女人正在修剪蔷薇花丛，她的穿着连妓女看了也要脸红。她的内裤从牛仔裤中露出来，似乎想一路飘到脖子，就像狗儿使劲拉扯链子想吃狗食。罗恩坐在车里等，阿加莎锁前门时，从玻璃中看到他的脸。他们已经多年没有性生活，但是眼下的状况还是让阿加莎极度震惊。她丈夫脸上有种表情——不明白的人可能会觉得他一脸茫然——但是他眯眼、嘴唇微张的模样略有不同，那个抬在半空中的臀部，他的脸到丰臀之间的空间，那名女子与她的不同。

她开了车门上车。一坐下便觉得臀部占据整张座位，而且一路蔓延到椅子边缘。"手提包名字"女子看到他们开过便挥手示意，一张大红唇，还有玲珑有致的线条。罗恩的嘴巴紧闭，抿成一条直线，嘴巴仿佛心跳监测仪般，发出哔的声音。

哔，她说，望着火车窗外。

15点52分：她看着面前的纸张，亲爱的，她说。

阿加莎纳闷自己的脸孔看在丈夫的眼里是什么模样，她不记得用柔和的表情看过他。她不知道他的手指、脚趾碰到她时，是否感到满腔柔情。她的语气向来不耐烦，每句话都缺乏耐心。她从未拿无私的问题问过他。如果她准备了两杯橙汁，她一定选大杯的。尽管她知道丈夫就跟在后面，她穿过门，也不会帮他扶着。她没按摩过他弯曲的脖子，任凭他歪着头，自己用手指无力地按压肌肉，如同技工般寻找痛楚的来源。她看到丈夫的怪表情，依然兀自把马铃薯泥舀进口中。她不在乎丈夫的痛苦，仿佛只当他是战乱国家的孤儿。

她那是测试他吗？整段婚姻生活就是一场挑战、对峙？你能忍到什么程度呢，罗恩？你愿意受虐到什么地步？又为了什么？罗恩，你为什么愿意忍受？

16点01分：她对罗恩非常恶劣。这句话响亮地浮现在她的脑海，犹如已经脱口而出。她虐待罗恩，纯粹只因为她办得到，纯粹因为容易，纯粹因为他不阻止她。

专业打字员卡尔

　　卡尔坐在玛蒂尔达咖啡馆的沙发里,和曼尼分享一瓶红酒,欣赏沙漠的落日。火车发出各种声响,那些持续发出的声音就像打在屋顶的雨滴,令人觉得心安。地平线那头出现大旋风,那景象就像尘土闪电,卡尔瞪大眼睛看着它转啊转,最后消失得无影无踪。

　　卡尔揭开手上的卫生纸,检视伤口。他伸给曼尼看,挑眉说,对方更惨。卡尔把口袋里的打字键放在桌上。忘了什么,曼尼?他叹了口气。他打散字键,岩石裂缝黏液(Rift goo)?他转头看曼尼,有这种东西吗?

　　一对老夫妻走进车厢,入座前对卡尔微笑示意,卡尔也礼貌性地点头。老妇翻开书阅读,老人对卡尔眨眼。搭火车还愉快吗?

　　愉快,卡尔说。我很喜欢。

老人指着窗外,那些树都干枯了,他轻推妻子。都干枯了还冒新芽,他的太太没反应,只好等卡尔搭腔。

是的,卡尔说。

男子转向他的妻子,后者正在看书,头也不抬。他说,我去看看有哪些餐点。

他端了两杯茶回来。噢,他放下茶杯。天啊,烫死了!他对双手猛吹气,夸张地互相摩擦。天啊,好烫。他的妻子毫无反应,继续看书。那些树啊,他又指向窗户,发新芽呢!

那些职员人真好,女人突然开口,似乎当丈夫从没说过话,口气之混乱、急迫,就像大梦初醒的人。

什么?丈夫说。

那些职员人真好,她并未提高音量。

那些职员人真猴!什么?

人真好,她的眼光依旧停留在书上。

喔,人真好。他啜饮着茶,她继续看书。

卡尔瞄向她的脸孔。她似乎完全不理睬这名男子,对他毫无反应。

他们为什么可以活着?卡尔轻声说。他望向旁边的曼尼。我知道,我明白。他打字时,感觉指尖下的餐桌又冰又硬。真残酷,可是……他盯着那名男子,对方依旧对着窗外的树木摇头,他身旁的女子根本不爱他。我爱伊芙,伊芙爱我。我们难道不该得到奖励吗?

卡尔转向曼尼,曼尼直视那对夫妻。曼尼,卡尔因为尴尬而脸颊泛红,不要直接瞪着别人看,人家会知道我们正在讨论他们。卡尔握着曼尼的上臂,把他的脸转向自己,因而摸到曼尼肌肉的线条。曼尼,他说。卡尔打开曼尼的衬衫往里看,哇。卡尔拉出曼尼的衬衫,哇,他又说一次,还摸起曼尼的腹部。

嗨,先生,有个声音说,卡尔跳起来。身穿印太列车制服的男子站在桌边,脖子上的绳子下端挂着一本小本子,腰带旁挂着折叠整齐的抹布。我是列车长德里克,他轻敲自己的名牌。他用一根手指轻轻顺过自己的发际线,再用手掌压平发毛的头发。

嗨,列车长德里克,卡尔说。我是专业打字员卡尔。

今晚来吃饭吗,先生?

当然,先生,卡尔回复,一只手搭着曼尼的肩膀。我和朋友还有老婆与孙女一起吃。

先生,德里克压低声音。我们不准带性爱玩具上车。

什么玩具?卡尔倾身。

你私底下的癖好不关我们的事,但是你既然搭了这班车——

抱歉,你刚刚说什么玩具?

我不知道你有什么怪癖——

我的怪癖？

总之你必须尽快把这个性爱人偶搬到用餐车厢外。

卡尔从曼尼肩头抽回手，歉疚地看着曼尼。他双手支在桌上，两手交握，平静地说，曼尼不是那种东西。

听着，德里克拿起脖子上的小本子在上面写字，我不知道你们那一代的人怎么称呼这个，总之别让我看到。懂吗？他撕下纸条，用力地放在卡尔面前的桌上。

性行为不检点一次，纸张上的字体都是大写，**性行为**下还划了线。

卡尔还来不及回答，米莉就蹦蹦跳跳走进车厢。卡尔，她坐到曼尼旁边。曼尼，她拥抱他。阿加莎就在不远处，接着在他们对面坐下。卡尔把纸条放进口袋。

这是警告，德里克说。三个警告就要请你下车，先生。

警告什么？米莉问。

抱歉，阿加莎对德里克说，目光停留在他的名牌上。现在几点？她情绪好像很激动。

德里克看看手表，晚上 18 点 30 分。然后顿了一下，这是"火车时间"。

你知道，阿加莎的手指在桌面轻点，你不能任意改变时间。

告诉你，我可以，德里克说。他站直，双手交抱在胸前。你们就当这班列车是我家，既然在我家就要用我的时间。

怎么不用米莉时间？米莉说。

对，卡尔说，怎么不用卡尔时间？

不行，德里克两手放在桌上，**不行**，只能用"火车时间"。接着意味深长地看了每个人一眼，**我家**，然后转身走出车厢。

真是讨人喜欢，卡尔咕哝。谁要吃三明治？他从桌底下的塑胶袋里拿出三个三明治。

我！米莉举手。

卡尔发一个给米莉，一个给阿加莎。

谢谢，米莉打开包装。

打字员，你的时间现在是几点？阿加莎快速拿起三明治。

卡尔看着上臂，我的表是雀斑三十分，你呢，米莉？

头发整点，她呵呵笑。

阿加莎看起来还是很激动。我只知道现在该喝一杯了，阿加莎，卡尔希望自己的声音够有感染力。你可以喝曼尼的，他说。你不介意吧，曼尼？他无所谓。然后另外倒一杯，推向她。

阿加莎拿起杯子，仰头一饮而尽，又推回给卡尔。她用手背抹嘴，看着卡尔的模样仿佛是在测试酒保。

卡尔紧张地大笑，又帮阿加莎倒第二杯。他坐挺，以最低沉的声音说，米莉，你今天做了什么？看起来好像很忙。她戴着自制披风，手上写满字。

我认识了一个男生，她回答。

这样啊，他说。你这个年纪？就开始？交男朋友？

他说他有东西给我看，她咬着三明治。我很兴奋。

这样啊，卡尔说。你呢，阿加莎？

她不发一语，只是干掉第二杯，再把杯子推给卡尔。

先喝杯水吧？他的声音有点颤抖。

阿加莎的手指轻敲玻璃杯。

好吧。他打嗝，一手遮住嘴巴。不好意思。

这是你们点的甜点，穿着印太列车制服的女子走过来，发给他们一人一杯酸奶。她对米莉眨眼睛，米莉也眨回去。

可是我没——卡尔说。

那名女子——从她的名牌看来是叫梅丽莎——一只手放在他的肩膀上，一根手指放在唇上。他的肩膀在她的手温之下融化了。

米莉·伯德

地球呼叫葬礼队长。万事通队长呼叫葬礼队长。结束。噗嘶。

米莉往桌下看便看到杰瑞米。她溜到座位底下,坐在他身边。

嗨,万事通队长,她说。

那是谁?他说。

谁是谁?

那个,他指着曼尼。

那是曼尼,他是死掉的东西。

他不是。他敲敲曼尼的腿。他是塑胶人偶。

他是我们的朋友,还救过我。

男孩盯着塑胶模特儿,你不能和塑胶人偶当朋友。

谁说的?

圣经。

才怪。

他有,你知道,那东西吗?他摆摆食指。

应该没有。

他们都怀疑地打量曼尼的胯下。

你看过死掉的东西吗?米莉问杰瑞米。

有啊,当然,常常看到。

例如说?

例如……我不知道,有就对了。你一定没看过。

当然有。

例如说?

米莉从背包拿出"死掉的东西"笔记本,翻开来交给他。例如上面所有东西。兰博。老人。蜘蛛。我爸爸。其他还有呢。

你爸爸?

你觉得死后会发生什么事情?

杰瑞米从口袋里拿出甜甜圈,若有所思地吃起来。会有太空船来接你离开。

接去哪里?

当然是另一个星球。

什么星球?

也许是冥王星，或是木星。

谁驾驶太空船？

上帝。

上帝开太空船？

当然啊。

祂不是有很多事情要忙吗？例如帮助人们，管理宇宙等等？

祂总有帮手。

例如小精灵？

差不多。但是祂们不会唱歌，和你想的不一样。

你怎么知道这么多事情？米莉问。

他耸耸肩，自然而然就会了。你妈妈好老。

她不是我妈，我说过我妈妈的事情。

我只是测试你。

要不要教你怎么作"散步诗"？米莉问。

好啊，他说。

杰瑞米和米莉钻出桌子，爬往另一个车厢。阿加莎和卡尔都没注意到。

米莉和杰瑞米坐在后端车厢洗手间外的地板上。

你不觉得很妙吗，米莉低声对杰瑞米说，想到里面就有个人?

大概吧。

里面的人没穿裤子。

对。

他们可能在大便或尿尿。

我借了妈妈的手机,他突然说,举起来给米莉看。

米莉接过来。你偷来的。

我会放回去,他说。

米莉盯着手机,她觉得杰瑞米正看着她。她好想打电话给妈妈,但是如果她不接呢?如果她接了呢?如果她接起电话,却不想和米莉说话呢?如果她接起电话,却不想当米莉的妈妈呢?

如果不想要某个孩子,就可以不要当他们的妈妈吗?

杰瑞米拿回手机。

嘿,米莉说。

告诉我手机号码,他说。

米莉告诉他,他按了号码拨出,然后把手机放到她耳边。

米莉深呼吸,接过手机。

怦怦。怦怦。怦怦。

手机响了又响,响了又响。语音信箱,米莉对杰瑞米说。妈妈,对不起,米莉开始说话,但是声音变得很奇怪,然后开始啜泣,再也说不出话来。因为那是妈妈的声音,而且她刚刚大声喊妈妈,她没想到这两件事情会让她身体感到如此剧痛。

杰瑞米接过手机,放在她旁边的地板上。

对不起害你哭,葬礼队长,杰瑞米说。

没关系,万事通队长,她用保冷套擦干眼泪。我有个计划。

我有一堆计划呢。

好吧,你有什么计划?

这是最高机密。

米莉翻白眼。

你又有什么计划?他问。

你会说出去。

我不会。

你会!

我不会!

好吧,米莉凑过去,你保证吗?

我保证,他煞有介事地眨眨眼睛。

你说你什么都知道。

对,几乎无所不知。

你知道那位女士有时会对火车乘客说话?

对讲机?

大概吧。

那叫做对讲机。

我得找到它。

为什么？

她低头看保冷套，我要做件好事。

你会惹祸上身。

她把脸凑到他面前，他似乎不知道目光该放哪里。我需要你帮忙，万事通队长。你肯帮忙吗？

他目瞪口呆。好，我愿意。葬——葬——葬，他开始口吃，然后清清喉咙，葬礼队长。

专业打字员卡尔

爱情是什么,阿加莎·潘瑟?卡尔的红酒溅出酒杯。

爱情?她把鼻子凑到窗上。我什么也看不到!

没错,正是啊,阿加莎·潘瑟。

好暗啊!

对。

她的额头在玻璃上忽上忽下地跳动。我觉得很不安!

闭着眼睛的卡尔猛点头,身子摇摇晃晃地向前倾。不过很值得,他在阿加莎面前的餐桌上敲打食指,又猛然举起那根手指,仿佛要求板球裁判重判。

阿加莎转头看他。什么?

很值得。

什么东西很值得?

爱情。

值得什么？

过程当中的挣扎、心痛的感觉、骚动不安。

我完全听不懂你说什么！

卡尔啜饮红酒。你谈过恋爱吗，阿加莎·潘瑟？他轻声问，语气不太肯定。

什么？我很年轻就结婚了！你明明知道！

我知道，可是——卡尔没拿酒杯的手抓住阿加莎的双手，还直视她——你、爱、他、吗。**你——爱——他——吗？**

阿加莎抽回自己的手，喝干剩余的红酒，用力把酒杯放在桌上，然后用袖子擦嘴。应该是吧！

你觉得应该是。你对他说过吗？

何必说？我猜他知道。

你猜？你猜！卡尔起身对餐厅车厢里的其他人大喊，仿佛正在发表演说，他挥舞双臂时，红酒还泼到桌上。你猜他知道你爱他？

阿加莎起身接过他手中的红酒，一饮而尽。对！她的语气挑衅，还因为动作大而有点气喘吁吁。

他们瞪着彼此看了一会儿，都不知道对方接下来会有什么举动。最后终于双双坐下，似乎正在玩模仿游戏。

卡尔喜欢她大叫时延伸到耳垂的那条暴露青筋，突然好想舔上去，好想用舌头顺着舔上去，再轻咬她的耳垂。他想拿下她的眼镜,亲吻她的脸,把自己的身子压上去。他想看看那套棕色套装下有什么。

他爱你吗?卡尔终于开口,手指划过泼洒出来的红酒。

阿加莎耸耸肩,看着黑夜。

卡尔用红酒画出心形图案,一定爱你。

无所谓。都无所谓了。那不重要。

那是唯一重要的事情,他说。

阿加莎的脑袋往后靠向椅背。

卡尔看着她:看着她疲惫的老脸、疲惫的年迈嘴唇、疲惫的老朽双眼。他起身,绕过曼尼,挤到卡座对面,坐在她身边。他现在可以闻到她的气味,混杂着樟脑丸与果汁。她不肯看他。他坐得更近,手臂碰到她浆过的套装,双腿感受到她的体温。他能爱上这个女人吗?

她能爱他吗?

他深呼吸,捧住她的脸拉过来,接着便亲吻她。

他后退起身,她震惊到无法呼吸。我们会诞生在这世界上是因为性爱,你们却引以为耻。你们每个人都是。你是,你也是。没错,还有你。就带她去进行性行为吧,他对隔壁卡座的年轻伴侣说。他望向曼尼,希望得到支持。卡尔确定他看到曼尼对他伸手比赞。错了,卡尔说,上吧,互相上对方,他对那对情侣说。

我们有啊,男子说。

女人发出模糊的声音,打他的二头肌。

这样才对,卡尔说。上吧,他又说了一次。这个字在卡尔口中有种奇妙的感觉。上,干,干干干。跟我一起说,阿加莎。

阿加莎坐着不看他,抓着餐桌,仿佛世上只有这样东西能支撑她的重量。

还有其他字眼,卡尔一发不可收拾。阴部!乳头!粉红点!

请你克制一点,先生!德里克怒气冲冲地走来,挂在他脖子上的小本子晃啊晃的。

他们后面那桌的两个小朋友看得目瞪口呆。妈?一个说。干,另一个补充。

原本埋首看书不理丈夫的女人突然说,乳房。

什么?她的丈夫说。

对,卡尔指着她,没错。

嘿,德里克跺脚。你。他走向卡尔,想用双手嘘他。你——你,他说话时会喷口水,我就知道你会惹麻烦。他在小本子上写字,撕下来丢向卡尔。纸张在空中飘荡,犹如指挥着音乐。出去!你不准来用餐区。

卡尔露出灿烂的微笑。太好了,他说,他妈的好极了。

从头到尾沉默不语的阿加莎站起来大喊,现在应该是晚上21 点 23 分,但是我也不确定!然后便推开卡尔。

阿加莎，卡尔说。他把曼尼扛在肩上，那模样就像布兰森·斯派克扛着音响，跟着她走出车厢。但是他要先转头面对观众，谢谢各位，语毕还鞠躬。

什么？老人对他的妻子说。

对卡尔而言，这是漫漫长夜。阿加莎把他锁在卧铺外。他们喝醉酒，大声喧哗，他觉得很尽兴，觉得自己像意大利人，或是地中海人。总之就是外国人，他们仿佛置身遥远国度，高速行经层峦叠嶂。他挥舞着双手，犹如指挥家，他用上电影里才会出现的夸张词汇，脸孔以前所未见的方式扭曲。

她推开他，跨过他，他对自己都感到惊愕；同时因为大家都盯着他们看，他便跟着她走，因为这就是他该有的反应，对不对？现在他大喊，阿加莎！纯粹是为了满足收听他这出戏剧的观众（他的戏！），并且敲卧铺门，然而里面寂静无声，空旷又安静，如同沙漠，如同苍穹。他低头看着自己的手，举高就着光线端详，心想，你这个了不起的混账东西。

他知道阿加莎不要他，却不觉得心痛，其实他一点也不难过。这可是真实生活！心碎！他的心碎了！罪魁祸首是个真实的女人！他吻了她，就像电影情节——也许就像真实人生，他哪里晓得——他捧起她的脸便亲下去！而且每个人都看着他们。

他们看他的模样就当他是人生阅历丰富的人,当他是精神状况有问题的人,以前从来没有人这么看过他。那肆无忌惮的快感,那两手捧起女人的脸孔亲吻的快感。而且每个人都看着他!

他坐在卧铺外,叨叨絮絮地说个不停,他把自己所有的事情都告诉她,例如他的鞋子尺寸,他在小学里最喜欢的老师,他的儿子,伊芙亲吻别人的那件事,他对低飞物体的恐惧,他为什么不怀念他的手指,养老院,他如何逃出来。所有事情都告诉她了。正当他快睡着时,他对着钥匙孔低声说,就这样了,这就是我所有的事情。

他背靠着门,双脚伸直放在走廊上,逐渐进入梦乡,却突然想起某件事情。他说,慢着,嘴唇贴着门,我应该爱你,但是我对你的爱永远比不上我爱伊芙。然而阿加莎没有回应,一句话也没有。他竖起耳朵等,却什么也没听到。他似乎听到她的哭声,却又不确定。他一手搭着曼尼,以极不舒服的姿势睡着,梦到虚无、黑暗,而且毫无感觉。

卡尔知道的二三事 (也不算太清楚):哭泣

卡尔光用一只手就能数完在他面前哭过的人。伊芙。他的母亲。他母亲过世时,舅舅哭了,那模样不像他看过的崩溃哭泣。他舅舅哭起来似乎是进行某种活动,每滴泪水都经过痛苦挣扎才落下，卡尔因此觉得他哭得不对劲。

  人人都知道其他人有张哭脸，就像他们都有经历高潮时的表情，然而这都在无人看到的表情清单上。大家都知道别人会手淫、哭泣，彼此交谈时都心照不宣，彼此在透明墙的两边进行对话：我不手淫，我不哭，我不手淫，我不哭，我不手淫，我不哭，但是其实我会，所以我知道你也会，因为我们都一样。

  他看过伊芙的哭脸，高潮的表情，惊恐的模样，死亡的脸庞。那就是爱吗？不再伪装时就是爱？可以对彼此说，我手淫，我哭泣，我害怕，我死亡？

阿加莎·潘瑟

早上 7 点 36 分：阿加莎醒来，看看表。这是真正的时间吗？还是"火车时间"？总而言之，她还是开始测量老化的数值。

7 点 38 分：她试图用窗户当镜子，带着不可置信的表情盯着自己的脸孔，却不由自主地聚焦在窗外的风景上。夜晚的深蓝渐渐转变为温暖的晨光，现在不是半夜，却也不是清晨，空气看起来犹如蜂蜜。每天早晨都是这片景色？阿加莎自问。

7 点 40 分：她的目光无法离开蜂蜜色泽的光线。我每天早上究竟在做什么重要事情，以致错过这片景象？

7 点 42 分：她透过门板就能察觉到卡尔的身体重量，听得到他在走廊上打鼾。昨晚，她躺在床上，隔着门听他说话，虽然想办法不听，甚至还用手捂住耳朵，却也只是装模作样，半心半意。她想到他坐在她旁边，他的手放在米莉头顶，想到他拿咖啡杯的模样,想到他只要坐下一定跷起二郎腿,上面那只脚还会轻微摆动。她想抚摸他,想被他抚摸,而且这个念头并不令她觉得不舒服。

她上次被亲吻是什么时候?

接着她又想起他的问题,她是否爱过丈夫,她却不知道答案。

7点53分:他们牵着我走,她紧抓喉咙低语。

7点54分:罗恩从未用卡尔的眼神看过我,她说。

7点55分:她躺在床上,觉得自己没资格碰上任何好事。

7点57分:她开门。卡尔站在门外举着手,似乎正要敲门。

阿加莎,他说。

卡尔。

我昨天——卡尔开口。阿加莎也说,你是不是——

两人又同时害羞地摇头。你先说,卡尔说。

不,你先说。

扩音器发出声音,你们每个人都会死,不要紧的。

卡尔和阿加莎四目相对。是米莉,他们一起说。

德里克从走廊另一端走来。你,他指向卡尔,还有你,他指向阿加莎,脸凑到她面前。她闻得到他的口气混杂着牙膏和咖啡。他把脸挤到卡尔面前,麻、烦、大、了。接着又注视着塑胶模特儿。告诉你,你也是。

◆

8点06分:阿加莎坐在德里克办公室的椅子上。这张椅子和她家里的很相似,都是棕色,她在上面一动,椅子就会嘎吱响。她看着德里克从一面墙踱步到另一面墙,因为房间狭小,他走两步就得停下来转身。他的呼吸声有杂音,脖子上的便条纸随着他走动而啪啪响。

8点07分:阿加莎想帮椅子取名字。她的两手交叠,放在腿上,卡尔就坐在她旁边。他试探性地把一只手放在她的手上,阿加莎把他拍掉,他叫了一声,她没看他。就叫"嫌恶之椅"吧。

你们说脏话,德里克说,握拳的双手就放在身体两侧,他走两步又转身。还接吻。走两步,转身。步伐迅速、果断却沉着,像是要赶上转弯的公车,但是又不想让人发现他正在赶路。还对性爱娃娃做出亲密动作。走两步,转身。对着卡尔称为曼尼的塑胶人偶点头示意,接着双手抱胸,面对他们。这可是印度太平洋列车,不是真人秀。懂吗?

8点08分:冷静点,卡尔说。德里克走到一半停下脚步,闭上眼睛大吼,我很冷静,然后深呼吸,按摩太阳穴。我们只是在生活,德里克,卡尔说,你应该试试看。德里克说,少跟我说什么活在当下。这里是我家,记得吗?德里克两手抓住桌沿。

8点08分46秒:有那么一瞬间,阿加莎同情起德里克。她看出另一个人身上也带着伤痛,可惜这个片刻只是电光石火。

8点09分:德里克坐在桌上,跷起脚。你们有话想说吗?德里克问。阿加莎摇头,没有。她猜卡尔也有同样动作,只是她依旧不看他。

德里克从口袋里拿出手机,阿加莎看他上唇泛起薄汗,她做出嫌恶的表情。这串汗珠透露了他的心情,看在阿加莎眼中只觉得他软弱。他的身体背叛了他,他无法控制情绪、体温,这一切都让她觉得局促不安。"嫌恶之椅"啊。

德里克把手机凑到他们面前,阿加莎和卡尔都倾身看屏幕。那是卡尔古利那个穿法兰绒衬衫的醉汉照片,他的手臂上清楚地写着:专业打字员卡尔到此一游。

喔,卡尔说。

阿加莎撞他的手臂。打字员!

卡尔揉揉手臂,不看她。

告诉你们,这是卡尔古利市长的儿子,德里克看着他们,那副幸灾乐祸的可恨模样,一般只有食人族面对难以获得的猎物时才有这种表情。啊,卡尔说。卡尔古利市长可是个大人物,德里克说。阿加莎再次撞卡尔的手臂,噢,卡尔说。还有,他们发现沃里克威尔养老院和附近百货公司也有同样署名，德里克说。喔，卡尔说。有想到什么吗，"专业打字员"卡尔？德里克称呼卡尔时，还用手指在空中比出上下引号。卡尔说，世上应该不只我这个卡尔是专业打字员。一定只有你，德里克说。卡尔问，你是不是开心死了，德里克？当然没有，德里克说。

8点10分：对了，还有这个。德里克用手机给他们看一张照片，照片中的卡尔肖像底下写着"通缉犯"。卡尔露齿微笑，哈！你觉得很有趣？德里克说。不是，卡尔收起笑容。我再说一次，德里克说，有什么话想说吗？如果你们合作点，惩罚可能不会那么重。

8点10分35秒：卡尔摇头说，没有，阿加莎却觉得心里有股骚动。那种情绪在她体内蠢蠢欲动太久，她必须加以克制，所以便说了某句可以压抑这种心情的话，她不能暴露真正的情绪，也不想让唇上的薄汗泄漏她的真心，因此便说，这个男人绑架我。

8点11分：卡尔转头看阿加莎，但是她不正眼瞧他。她看着膝盖，仿佛觉得这个部位很有意思。说实话，还真有点趣味。又有新的膝纹？她透过丝袜抓抓左膝。门被用力推开，穿着印太列车制服的金发女子牵着米莉的手走进来。米莉，卡尔说。谢天谢地，阿加莎心想，米莉，谢天谢地，但是她没说出来。女子说，她没事，她和我儿子在一起。米莉爬到卡尔腿上，阿加莎再度低头看着自己有趣的膝头。德里克，不要太严厉，女子站在门口说，别忘了，她只是个孩子。德里克看着她带上门离开，他看着米莉，说是魔鬼女孩比较贴切吧。米莉往后靠向卡尔的胸膛。

8点12分：通缉犯，德里克读着屏幕上的字。伤害、偷窃。阿加莎说，偷窃？卡尔说，所以呢？仿佛这件事情还有待商榷。

德里克把手机放回口袋。现在又多了一项绑架。这不是死定了吗，你说对不对？看看这下谁还笑得出来？卡尔问，我做了什么？米莉说，绑架？卡尔说，没有人绑架任何人。阿加莎说，你除外！卡尔说，阿加莎，我知道你很气我，可是——阿加莎对他举起一只手说，先生，麻烦你别再直接称呼我的名字！告诉你，刚才你电话上那个男人，卡尔说，阿加莎用塑胶腿打了他的头。

8点14分：你会下地狱，米莉说。你说什么？德里克问。爸爸说，停车巡查员会下地狱，米莉说。你爸爸已经死了，阿加莎说。我知道，米莉说。

8点15分：你，德里克声音平淡地指着阿加莎，爱鬼吼鬼叫的那个，最好别骗我。否则你和他会有同样的下场，他的归宿可不是什么好地方喔。阿加莎鼓起勇气。你到底有没有遭到这个男人的挟持？他比向卡尔。

8点15分28秒：阿加莎可以感觉到小女孩看着她，她看着米莉，米莉也平静地看着阿加莎。一个孩子。一个小女孩。阿加莎突然置身餐桌边，身旁还有丈夫。我不要生小孩，她说。他的脸，那张肃穆的表情，他听到这番话时的失落模样。她的悔恨，稍后她体内涌现的感觉。

8点15分52秒：是"欺骗之椅"。

8点16分：是的，她直视德里克，我被挟持了。

米莉·伯德

看来我们不算是隐形人,米莉说。她和卡尔被锁在德里克办公室,德里克已经领阿加莎离开。

对,卡尔说。算不上是。

以后会发生什么事情?

他亲吻米莉的额头,不知道,贾斯特·米莉。

阿加莎为什么对你生气?她问。

她是女人。

我是女人吗?

对。

但是我不气你。

谢谢你。

你气我吗?

当然不会。

都怪我不好。

不是的。

我们会找到我妈妈吗?

当然会。

你说的是真心话吗?

卡尔还来不及回答,有人开了门,杰瑞米探头进来。噗嘶,葬礼队长,他说,察看了后方的走廊后便溜进来。他双手叉腰,哈啰,先生,他对卡尔挥手,我是万事通队长。他望向米莉,万事通队长来了。他在眼睛四周画了黑色的眼罩,上唇还画了小胡子,脖子上系着印太列车的餐巾当小披风。

你做什么?米莉问。

你们有麻烦,我来救你们。

米莉,卡尔说,这位小朋友是谁?

我是万事通队长,先生,杰瑞米说。我刚才说过。大家都在讨论你们。

谁?卡尔问。

车上所有人。警察会到柯克车站接你们。

米莉和卡尔互看一眼。

德里克说他要哔哔①报警!杰瑞米跳到几米外的左边,我

---

① 杰瑞米不敢说脏话,因此以"哔哔"代表脏话。

妈说，你应该等一等，德里克，然后，他又跳回去，德里克说，我哔哔就要报警，梅丽莎，如果你哔哔阻止我，她的确哔哔想阻止他，但是他还是报警了，然后我妈骂他哔哔，因为我有掩护，所以他们都看不到我，因此我偷了这个房间的钥匙，就算他们看得到我，我也可以使出空手道逃脱——他先踢一脚，然后两手往下劈——因为我武功高强。

你脸上是什么东西？米莉问。

他用指尖摸一摸便笑了，我的伪装。

我很欣赏你的精神，小伙子，卡尔说，也喜欢你的小胡子。

杰瑞米一脸勇敢地看着他们。你们必须现在就走。

你是认真的？卡尔问。

这是我最认真的一次，先生。

杰瑞米先走，探头到门外先看右边再看左边，然后转头示意他们跟上。第二个是卡尔，他抱着曼尼的腰，塑胶模特儿的下巴就靠在卡尔肩上。第三个是米莉。三人穿过车厢时，卡尔肩头的曼尼盯着米莉。不要紧的，她无声地告诉他。米莉看着曼尼的塑胶头发，思绪又飘到其他地方。她和爸爸在海滩，她看着父亲的头发说，你的头发好像凤梨。接着又看到爸爸的头发靠在理发师的洗头台，然后是爸爸的头发在早上的模样，爸爸的头发爸爸的头发爸爸的头发，她的胃一阵紧缩，思绪又飘回当下。她们经过放屁小孩、愤怒的男子、平静的奶奶、有妈妈的小女孩。米莉抱着背包，觉得脖子上的披风动也不动，就像动物死尸的皮革。

杰瑞米带他们走到列车最后方的车厢外，风吹得她的披风再度恢复生气，在她后方拼命跳跃，似乎想看得更远，似乎很兴奋能到外面吹风，呼吸新鲜空气。他们望着沙漠，米莉从未看过如此辽阔的天空。

阿加莎怎么办？米莉问。

谁管她，卡尔说。

这样不好啦，米莉说。

她对我才不好。

杰瑞米把水壶、燕麦棒放进米莉的背包，往那儿走。他拿手一指，抬头看着米莉。

太美了，卡尔抱起曼尼。看到没，曼尼？这就是澳大利亚。

这里有张地图，杰瑞米说。是妈妈帮我画的，因为我说要告诉同学，我放假去了哪里。这是指南针。这里有家旅馆，大澳洲旅馆。他指着地图上某个位置，你们可以在那边住一晚。他望向后方，目光又移回米莉身上。我们去看爸爸时，妈和我会住在那边。顺着这条路往南，一定会找到。

这些东西从哪里弄来的？米莉问。

我是万事通队长。

你确定？米莉觉得背后的披风随风飞舞。

杰瑞米站起来，平视米莉，脸上画的小胡子抽动了一下，是的，葬礼队长。

我简直像在演电影，卡尔说。他们会拍部描述我生平的电影吗，米莉？能不能找保罗·纽曼来演我？还是找那个布兰森·斯派克？

米莉望着火车外，脚底下的地面迅速移动。我们要怎么下车？

对，万事通队长，我们怎么下车呢？卡尔问。

杰瑞米开口说话，但是卡尔打断了他。放心，米莉。曼尼和我先跳，然后追火车，你再跳，我保证接住你。

可是，先生，杰瑞米说，有个——

卡尔一手遮住杰瑞米的嘴。万事通队长，你做得够多了。他深呼吸，把曼尼塞进他的背带，以便空出两手。你相信我吧，米莉？米莉没回答，卡尔擅自认为那就是默认，我要跳了，我很酷。他抓着栏杆，准备助跑。我要跳了，我要跳了——

此时火车开始慢慢煞车。

卡尔放开栏杆，转向杰瑞米。

这是罗尔德车站，杰瑞米抬头看卡尔。我们要在这里收发邮件，车子一定会在这里停几分钟。抱歉了，先生。

卡尔叹气，口中念念有词。火车后方有个梯子，卡尔爬下去，然后从最后一阶往下跳，落地时，本能地缩了一下。米莉往下爬，途中突然停下来。杰瑞米低头看她，她又往上爬回来。

你做什么？杰瑞米问。你得赶快走。我身为另一个队长，命令你赶快下去。我要把梯子拉上来了，你赶快——

米莉抓住他的肩膀，亲了他画的小胡子。他双颊通红，就像她的头发，就像地上的红土。请把我们的下落告诉阿加莎，她说，然后往下爬。

卡尔和米莉并肩站在铁轨上，米莉对杰瑞米举手敬礼。谢谢你，万事通队长，她说。

祝你们好运，杰瑞米一边嘴角上扬地微笑。

米莉站在铁轨上，目送火车缓缓开动，越开越远。我永远不会忘记你，葬礼队长！

杰瑞米叫喊。米莉看着火车消失，周遭寂静无声，只有火热的阳光照在她身上。

卡尔拥抱曼尼。看看这片风景，他挥舞着空空如也的双手。这就是澳大利亚，你知道吗？真正的澳大利亚。

米莉开始走向杰瑞米先前指的方向，走吧，卡尔，她说。

看看这片天空，看看这片大地。卡尔踢土，尘土漫天飞。看看这些灌木丛，就算脚下每寸土地都埋着死人，我们也不会知道。以前英国在这里练习引爆炸弹，竟然没有人晓得。这可是炸弹呢，米莉。以前在家乡，就算我抓抓屁股，邻居们都会怀疑我有什么性病。这里却没有人知道我做什么。他高举曼尼过头，听见没，宇宙？他说，然后深呼吸，扯开喉咙大喊。**没**

有人知道我在这里做什么!

米莉没听进去,只听到双脚前行的脚步声。每一步就像说着:妈,爸,妈,爸,妈,爸,妈,爸。

卡尔落后她好几米,他盯着天空,不断转圈圈,就像米莉想让自己头晕时会做的事。她觉得不高兴,他们没有时间胡闹。我们得赶路,她对着后面呼喊。

第四部分

阿加莎·潘瑟

早上 10 点 37 分：金发女子扶着阿加莎在柯克车站下车。你坐好，阿加莎，她说。回珀斯的列车过几个小时后就会抵达，他们知道要来接你，她的微笑令人安心。记得要在卡尔古利下车，那里会有公车送你回南方的海岸，你很快就会回到家了。要保重喔。

阿加莎点头，目送她离开。家啊，阿加莎把皮包放到胸前。对。她扶正镜框。

10 点 39 分：有个男人走过来。不好意思，请问你知道现在几点吗？

阿加莎一手遮住手表。我知道时间吗？我拥有时间吗？没有，我倒想和时间的主人聊聊！我不知道现在几点，现在是阿加莎标准时间！

啊，女士，抱歉，我不该问你。

对！阿加莎说。你不该问！

10点41分：火车尚未离站，人们在车边徘徊，等人通知上车。有个女子经过阿加莎身边，是那种盛气凌人的类型。头发在头顶梳成发髻，仿佛是点心顶端的装饰。小姐，你不是沙漠，阿加莎倾身说。有个男人穿着粉红毛衣经过。毛衣太粉红了，她稍微提高音量。步伐太大了，再提高音量。她双手抓着长凳边缘，云不该是那种模样！她大叫，起身。鼻子太怪异！那是连续杀人犯的发型！墨镜太大了！生太多孩子！眼睛距离太近！

有个男孩跑来，打断她。他的脸上画着黑色的小胡子，你忘了这个，小姐，他把"老化"记录本递给她。她接过来，他便跑走，脖子上那块布随风飘扬。她看着他又跳又飞踢，最后走上火车。

那不是真的胡子，她说，然后打开本子，看着她先前仔细测量的"脸颊弹性""手臂赘肉摇晃程度""乳头到腰际的距离""我差点亲吻卡尔的次数"。

什么？她说。

那些陌生的字体并不就此打住，"打鼾图表""微笑的片刻""卡尔想亲吻我的次数""我最爱的阿加莎脸孔""我想偷的公车"。她翻过一页，"我痛扁的醉汉"，她笑了，继续翻。"我骂人的次数""我看过的尸体""我搭公车/火车/步行的距离""我爱过的人"。

最后一项后面有个巨大的问号。

隔页贴了一张地图。有人写着，哈啰，你在这里，旁边画了个红色叉叉和一部车。他们在这里。另一个红色叉叉，这次旁边画了一间屋子，上面潦草地写着"大澳洲旅馆"。有个黑色箭头从红色叉叉画到另一个，万事通队长敬上。

本子在她手中颤抖。

10点54分：她站在火车站厕所镜子前。他们永垂不朽，她捏捏自己的脸颊，苟延残喘的我们才会老朽凋零。

上臂太多老人斑！她突然大叫，解开外套钮扣，丢在地上。手太像男人，她把双手举到自己面前，鞋子踢到墙边。脚太胖！她解开衬衫钮扣，脱掉丢到地上。乳房太长！拉下裙子拉链脱掉，肚脐太高！只穿着胸罩、内裤、丝袜，眼镜还好好地架在脸上，她注视镜中的自己，因为看到自己这副模样而呼吸沉重。说话时，鼻孔会张大！她两手在身前交握，仿佛有所打算，想为这个景象增添一分智慧或尊严，因为这个画面是两者皆无。太老了，拿下眼镜放在水槽边。

她一手放在脸颊边，侧头一歪。太老了，看着自己的眼睛。

她想到罗恩的脸永远不会更老，她永远看不到罗恩变成年迈老人的模样。这似乎不太公平，她得给世人看自己的老态，罗恩却不必。他仿佛逃过一劫。

她痛恨自己，痛恨自己的身体，并且开始哭泣，泪水悲哀地滚下脸颊。她是个老到不能再老,悲伤到无以复加的老妇,而且痛恨自己,非常厌恶;她现在觉得这世上最讨人厌的就是自己。

接着有马桶冲水声,某个女子走出来。

对方笔直走向镜子,在水槽中洗手。她很瘦,男性化,窄窄的鼻子引人侧目。阿加莎克制住自己不要大喊出声,手足无措地站在一旁。女子洗手时,周遭弥漫着尴尬的沉默。

然后——你要上哪儿去?女人说。

呃,西南海岸,阿加莎觉得站在她身边的自己身躯庞大。

我们要到珀斯,女人对阿加莎微笑,然后拉拉眼睛周围的皮肤。只想走远一点,对着镜子伸舌头。你明白的,整好衬衫,对阿加莎眨眼,便信步离开。

11点12分:穿好衣服的阿加莎站在车站咖啡馆附近,渴望地看着那些油炸食物,觉得自己腹部咕噜咕噜叫,便走到柜台几米之外。

柜台后方的男人看着她。你还好吧?

很好!她回答,站在原地。

要吃什么吗?

要!

他叹气,你要吃什么?

那个!她指向春卷,还有那个!指向馅饼。

男人把食物放在棕色纸袋里,从柜台另一端推向她,然后点头示意。总共是六块两毛五,谢谢。

阿加莎非常非常饿,也想过抓了就跑。有人会这样,不是吗?她从未如此渴望过某样东西,结果一张口却说,不行。

什么不行?

我没有……她叹气。

他抓回纸袋,这里可不是慈善事业,女士。

我来付,阿加莎背后的声音说。她转过头,洗手间碰到的女子挥舞着二十元纸钞。她对阿加莎微笑,轻快地走向柜台,我来付。

我们只是小本经营。

好心点吧。

钱拿来吧。他抓过钞票,把找零丢在柜台上。他拿起纸袋摇一摇,看着阿加莎,今天是你的幸运日!

女子抓过纸袋走掉。她示意阿加莎跟上,我是卡伦,然后把纸袋放在某个男子坐的桌边,这是西蒙,卡伦一只手温柔地掠过他的肩膀。

西蒙显然比卡伦年轻许多。他皮肤黝黑,体格强健。儿子吗?阿加莎纳闷。西蒙调皮地拍拍卡伦臀部。不是,阿加莎心想。

嗨,西蒙对阿加莎挥手微笑。他的牙齿缝隙卡着糕饼,卡

失物招领

伦拉开椅子，轻轻拍拍桌子。

阿加莎坐下，看着纸袋，仿佛等着它下一步会有什么动静。

你有名字吗？卡伦问。

有，阿加莎说。

卡伦微笑。我懂了，你很沉默。开动啊，吃吧。

你对我有什么目的？阿加莎说。

哈，卡伦说。一个连肉馅饼都买不起的女人，我对她会有什么目的？而且这个人只穿一条内裤对着自己大吼大叫？女士，吃你的饼吧。

刚才有人说到内裤？西蒙弹卡伦的裤子。

卡伦用肩膀推开他。塞姆[①]，卡伦摩挲他的脸颊，你的牙缝里卡了一堆鬼东西。两人压低声音吃吃笑。去清一下吧，好吗？

西蒙站起身，遵命。然后露齿一笑，鞠躬，转身离开。

阿加莎拿出馅饼，放在袋子上。她从桌子中央的不锈钢餐具筒中拿了餐具，把馅饼切成小块，一次吃一小块。她知道卡伦盯着她看。

要谈谈厕所里的事情吗？卡伦问。

不要，阿加莎说。

[①] 塞姆是西蒙的昵称。

我可以告诉你一个秘密吗？卡伦凑过来。

不可以，阿加莎满嘴食物地说。

卡伦大笑，坐在椅子上的她凑得更近了。她瞄瞄后面，然后转头面对阿加莎。我做了一件很可怕的事情，她低语。我想做好事，改变那些什么因果报应，虽然我是不太相信。她眨眨眼，不过还是小心为妙。懂吗？

阿加莎点头，谢谢你。然后问道，你不是杀了人吧？

不是！当然不是，卡伦在椅子上改变姿势。

贩毒？

不是。

走私枪械？

不是。

你在性产业工作，对不对？

不是！

多坏的事？

非常非常坏。

如果 10 分是满分呢？

8 分。

阿加莎吞下食物，看着卡伦。

还要多半分。卡伦绞手。10 分，绝对是 10 分。我……我……她双肘放在桌上，十指交握。她看着阿加莎的眼睛，我不是好人。

阿加莎拿起春卷,用嘴角咬了一口。她边咀嚼,边看着卡伦。阿加莎吞下食物,用餐巾抹嘴。我……呃……阿加莎清清喉咙说,我也不是好人。

卡伦发出颤抖的声音,仿佛是阿加莎的话引出这种声音。她伸手握住桌子对面的阿加莎。你觉得有人是好人吗?她捏捏阿加莎的手。

阿加莎看着自己手上的那只手。她可以看出"年纪"就像保鲜膜般包住这个女人的手,其他女人经历老化的攻击并不让她觉得开心,这和以前不同,但是这次她也不觉得伤心,不如她对自己身体的情绪,只觉得和这个女人之间有某种连结;仿佛她就是阿加莎,阿加莎就是她,她们是同一个人。

怎么样?卡伦说。你觉得世界上有好人吗?

罗恩。她想到罗恩,然后米莉的脸孔也浮上脑海,而且画面鲜明,挥之不去。卡尔呢?他是好人吗?

我是阿加莎,阿加莎说,因为她不知道该如何回答。

西蒙走回来。我尿在小便池的污垢上,他说,好大一块。他对卡伦露出牙齿,没有了吧?

卡伦伸手握住他,好多了,宝贝。阿加莎看着他们互相抚摸对方的手,似乎屋里只有那双手。她无法想象有个熟悉的人在身边的感觉。塞姆,卡伦看看手表。可以麻烦你去加油吗?

最好赶快上路。

遵命，老妈，他眨眨眼。

西蒙离开，卡伦转头面对阿加莎。我昨天离开丈夫，西蒙丢下他老婆。

阿加莎瞪着她。

我有孩子，不是小小孩，但是他们年纪也不大，我们是不告而别。卡伦伸个懒腰，再放下双手。天啊，说出来感觉真痛快，希望你不介意。

我介意，阿加莎说。

卡伦大笑。没关系。总之，我只想和西蒙厮守，我爱孩子们，但是我也爱我的人生。我想要，我是说，我想要自己的人生。孩子们以后就会明白。

也许不会，阿加莎说。

卡伦点点头，我希望你别说中。

阿加莎想到米莉的母亲，想到她如何丢下米莉。阿加莎觉得全身充满怒气，气到她的皮肤都开始泛起红斑。她想见米莉的母亲，想对她说：你以为你是谁？她还只是个孩子。她现在也想对卡伦说，你以为你是谁？结果阿加莎只说，的确是10分。

卡伦整个人往后瘫，两人静默不语地对坐。收银机乒乓响，冰箱门开了又关，她们身边的人进行着无声的对话。要不要顺道载你一程？卡伦终于开口。反正我们同路，很乐意有伴同行。

不必了，阿加莎坚定地说。我搭火车回去就行了，谢谢。

阿加莎坐在加油站桌边，看着"老化"的本子。"我爱过的人"。那个问号。好几个月前从窗户看到米莉母亲的表情如今浮现在她的脑海中。如何年华老去，又不让悲伤占据你的世界？她想到罗恩过世之后，想到她如何从街上转上小路，走进家里，想到她感受到的压力，想到她的身体几乎要往内爆炸的感觉。她想到家里的空房间。她看到丈夫过世之后，如果有个孩子，他们的孩子坐在那间空房间里，坐在他们的房间里，然后阿加莎得坐在床上，他们的床上——现在是她的床？那会是个女孩吗？她有时会放任自己想象有个女儿。那时她就得说——说什么？她会说什么？你的父亲过世了。你要怎么告诉孩子，告诉自己的孩子，这就是人生？说人活着就只为了一死？说只要还活着，你认识的人，你所爱的人就会死？说最好的办法就是绝对不要关心任何人？

阿加莎，卡伦从排队付油费的队伍中叫她。她似乎很苦恼。不好意思，亲爱的，你会开车吗？可不可以麻烦你把车开走？天晓得西蒙跑到哪里去了。钥匙应该就在车上。抱歉还要麻烦你。

阿加莎站起来望向外面，后面大概排了六七辆车子。其中有一辆不时按着喇叭，但是柜台的男子似乎搞不定电脑系统。阿加莎回头看卡伦，她眯细眼睛，看起来有点像米莉的妈妈。你要怎么告诉孩子，这就是人生？

你必须想办法，阿加莎把皮包甩过肩膀。

什么？阿加莎走向自动门，卡伦问。

我说，我会开车。

喔，谢了，亲爱的。卡伦微笑。塞姆大概又找到可以尿的东西了。

也许吧，阿加莎说。她走到门边时，停下脚步，转身面对卡伦。听着，门在她背后打开，她可以感觉到背上的热气。我真的很抱歉。

卡伦挥挥手，没什么，亲爱的，那块肉馅饼没多少钱。

不是，阿加莎走到车边时自言自语，我不是为了那个道歉。

阿加莎开门上车，钥匙就插在车上，她用掌心掂一掂，钥匙发出眨眼的声音。她发动汽车，突然看到自己的脸孔出现在海报上如同卡尔那样，通缉犯。然后踩下油门。

这个嘛，她对空气说，这绝对是10分。

12点17分：她开上高速公路。她，阿加莎·潘瑟竟然开车驶过沙漠中央的高速公路。虽然车子的时速没超过六十公里，然而她确确实实地开着车。我正在开车啊，她对窗外说。我正在开车啊！她对路边抽烟的道路工人大叫。真的呢，女士！他回喊。我正在开车！她对车子抛锚的女驾驶员说。操你妈！女人大叫。我正在开车啊！她对天空、鸟儿呼喊，没有人搭腔。只有迎面吹拂的风和风声，只有呼啸而过的风声。

做得好，小鸟！她对窗外喊。这条路格外平坦！她两手抓着方向盘，对所有景色露齿微笑。好活泼的信箱！完美的看板！好漂亮的斑纹，乳牛！好帅气的树木！那朵云儿冲着我笑！美丽的蔚蓝，天空！

阿加莎伸手要扶正镜框，结果脸上空无一物。她想到，眼镜就在火车站洗手间的水槽上。她试图不眨眼睛，还把眼睛睁得更大，任凭冷风吹进她的眼球。

她看到路边的招牌。喔！她紧急煞车，招牌上写着"大澳洲旅馆"，指向似乎绵绵无尽头的黄土路。她察看地图。

阿加莎吞了一口口水。找到方向灯。听起来不错，方向灯，她低语，然后左转。

专业打字员卡尔

我们会死的,米莉,卡尔说。他们往南穿过沙漠走了大半天,头顶的阳光依旧热辣辣,而且已经快把水喝光了。

我一直都这么说啊,米莉说。

不是,我的意思是我们快死了。你开心了吗,阿加莎·潘瑟?他对天空说。杀人犯。他的声音没有回音,兀自消失在周遭的平地上。我好。渴。

他把曼尼抱到面前,凝视着他的眼睛。对不对,曼尼?你懂的。我恨死这个地方了!澳大利亚——什么鬼名字?到处都一片干旱,四面八方都一样。而且永无止境,曼尼。他踢沙土。我讨厌这些沙,都是沙,谁喜欢沙?没有人嘛。我恨这片天空,我恨这些矮树丛。这种地方怎么住人?他撑着曼尼,跪在地上。这里什么都没有,他呐喊,脸埋进曼尼的胸膛。

快走,米莉说。

卡尔站起来继续走。米莉，我们明天到不了墨尔本了。

我们可以。

我们永远走不到了。

一定到得了。

根本不可能。

你又不是什么都知道，米莉突然停下脚步。那是那家旅馆吗？她往前指。

他眯起眼看着米莉指的方向。不要耍我，米莉，我很渴，快脱水了。你知道这是什么意思吗？这是步向死亡的第一阶段。

那边有一家旅馆，她拿起地图，就是万事通队长告诉我们的那家。

可是我什么也看不到。卡尔一手放在米莉的额头检查体温。天哪，他说，你好烫啊。没关系，米莉，我们不会有事的。他想把她抱起来，但是她挣脱了。

我很好，米莉推开他。

要保留体力啊，米莉，卡尔说。

米莉兀自向前走，我说过我很好。

慢着，卡尔说。远方有轰隆轰隆的声音，那是什么？半里外有辆白色货卡沿着沙土路开来，后方尘土飞扬，车子仿佛在红色湖泊中滑水。车子，卡尔说。是车子，米莉，有人呐。

货卡开始减速，停车。漫天尘土落地，又被吸回荒漠中，大地仿佛会呼吸。此时卡尔才发现他眼前有栋建筑。那是……卡尔闭上眼睛再睁开，建筑物还在。米莉，这是一家旅馆，他呼唤她。卡尔举起曼尼，亲他的嘴唇。我们得救了。

卡尔看到建筑物从没这么开心过。这是棕色的木屋，却有种粗糙的俗丽感，以致看着就像个玩具；就像某个巨人小孩拿出七零八落的材料，再用强力胶黏在一起。屋顶招牌上的圆形大字体写着，大澳洲旅馆。

就是这里了，米莉走进去，但是不忘先用手指在泥土地上写下**我在这里，妈妈**。

卡尔听闻过常来这些地方的男人，他们全穿皮衣皮裤，动不动就想找人打架；手掌粗厚，眼睛永远因为强光而眯成一条线。他们的句子只有动词、名词，而且发语词和结尾一定都是脏话。

他以为这就像走进西部片中的酒吧。他一进去，所有人都会转身，音乐倏然停止，不可思议的是某处一定会传出玻璃杯碎掉的声音。（谁会饰演电影中的他呢？他刚想起保罗·纽曼已经过世。他认得的演员还有人活着吗？）突然找到自信的他会挺起"雄赳赳的胸膛"走进去，迈出"雄赳赳的步伐"；这些男人会分辨谁是假货，但是他是个"真汉子"，他曾经"面对死神",还击退了它!他战胜过死神!他是真汉子!大家看啊,一个男子汉!看看这个男人!他要三步并两步地走向吧台,拉出高脚椅,"雄赳赳的臀部"一屁股坐下,然后用"雄赳赳的拳头"敲吧台,点——不对,不是点,是吆喝——双份的×××(保罗·纽曼都喝什么?)整间酒馆的人都会看着他,他会凑向酒保说——声音低哑,因为有权势的男人不必提高音量——调成三倍浓。别人会不会倒吸一口气?也许吧。但是他不会听到,因为他忙着当个真汉子。接着其他男人会欢呼欢迎他的到来,和他握手或击掌,他们会聊起"男人的话题",例如"工具""耕田""折页海报",以及其他事,一会儿他就知道了。

但是他一开门,便知道他无法走三步就到吧台边。

卡尔,你的步伐为什么这么大?米莉低声说。

什么?卡尔也轻声回应。看起来很蠢吗?

对,她说。

他以正常步伐走到吧台边。一面墙上挂着澳大利亚各地的车牌,仿佛是过世牌照的坟场。酒馆里有五台大电视,全都播着同一场澳式足球联盟的比赛。酒馆铺着地毯,灯光昏暗,天花板低矮,空气混浊。阳光照射之处,都有一小团灰尘漩涡。

吧台边坐着两个闲聊的男子,他们几乎没注意到他。酒保正在擦玻璃杯,对他点头示意。卡尔也点点头。他知道,他心想，他知道我是个真汉子。他拉出高脚椅，结果在地上刮出很大的摩擦声。他抬头看酒保，抱歉，他道歉，脸上出现少有的表情。那种表情非常女性化，他可以感觉得到，他已经开始痛恨自己。卡尔把曼尼靠在吧台边，酒保睁大眼睛。卡尔要坐在高脚椅上，但是因为这么多焦点，因为要当个真汉子的压力，结果没坐好，一屁股往后栽，曼尼还倒在他身上，引发的各种噪音在酒馆中回荡。

最糟糕的事情还不是这个，而是卡尔口中不自觉发出的声音，就像累积了千百年瓦斯毒气的火山般喷发。那是体力用到极致的老头才会发出的声音：呃啊。那是他发过最窝囊的声音，他甚至不确定自己能不能再这么来一次，他听到时仿佛置身于自己的躯壳之外。

他躺在地上，回味着这些男人以为他是同类的短暂开心时光。他让曼尼的鼻子靠在自己的鼻子上，闭上眼睛深呼吸。

你还好吧，老兄？头顶有个声音说。

是啊，要不要帮忙，老兄？另一个声音说。

突然间，他就和两个男人（真汉子！）一起坐在吧台边，他们拍着他的背，笑着帮他点酒，还问他，你有什么精彩故事？卡尔无法抹去脸上的微笑。

米莉·伯德

米莉背靠卡尔的高脚椅坐着，玩着曼尼的短裤边缘，曼尼则被摆在吧台边。那些男人聊着足球比赛，卡尔试图插话。是啊，她听到卡尔说，那个年轻人不该被另一个小伙子换掉。

米莉伸手到背包里拿食物，却摸到燕麦棒之间有张折好的纸。纸上写着"葬礼队长"，她打开来看。

亲爱的葬礼队长：

你离开火车那天，你妈的手机号码回拨，我们没接到。有人留了语音讯息，但不是你妈。我听了十六次，确定我写下的字都没错。我用对话泡泡圈起来，你就知道那不是我说的话。

亲爱的小米莉，我是朱迪阿姨。你在哪里啊，宝贝？我们到处找你。你妈妈她，呃她不对，宝贝。她已经离开了。我派利斯姨夫到西边去接你，可是没找到你。他大老远白跑一趟。

你在哪里，宝贝？去找个警察，然后留在原地，我们会去接你。好吗，宝贝？好吗？

对不起，没告诉你，我担心你会难过。如果你愿意，我可以偶尔把妈妈借给你。

你忠实的
万事通队长
超级英雄
印度太平洋列车

米莉折好信放回背包，双手捧着肚子。

然后她听到，嗨。

米莉身子往前倾，越过曼尼的腿往旁边看。另一张高脚椅边坐着一个两腿交错的女孩，年纪和米莉相仿，一头黑色长发绑成马尾。她面前放着一盒火柴，她点了一根，看着火柴燃烧。

嗨，米莉看着火焰。

那是谁？火焰熄灭之后，那女孩问。

卡尔，米莉说。

不是，女孩说，不是他。她用烧过的火柴指着曼尼，他。

喔，米莉清清喉咙，那是曼尼，他死了。

女孩挑眉，他是塑胶人偶。

对，米莉说。死人就会变成塑胶，人们拿来放在店里展示服装。她看着自己的手指，这是我的看法啦。

女孩望着她许久。你真诡异，她终于说。

你才诡异，米莉说。

我叔叔死掉以后，我爸爸烧了他。女孩又点燃另一根火柴，然后我们把他丢进大海。

我很遗憾你痛失至亲，米莉静静地说。

尸体好臭，所以必须烧掉，女孩看着米莉。这是我的看法啦。

那要看你怎么想，米莉不确定地说。

不对，女孩爬到米莉身边盯着她。她点燃火柴，举到两人之间。火焰烧得她整张脸上的光影不断跳动。我们烧了他吧，她露出牙齿笑。既然他已经死了。

米莉觉得胃往下沉。她看着火焰燃烧殆尽，再看看背后的卡尔，听到他用前所未闻的低沉声音笑着说故事。她回头看曼尼。

你怕什么？女孩的脸凑到米莉面前。

没有，米莉说。我什么也不怕。其实才怪，因为她什么都怕，而且她知道那种恐惧就藏在肚子深处。

等待的第一天前的那晚

她的爸爸过世之后，镇上的人都表现得很爱她。好的，米

莉,他们说。你这个可怜的孩子,他们说。棒棒糖给你,他们说。她知道这是因为她爸爸过世了,人们有此反应只有两种理由:

1. 庆幸自己的爸爸还没死,想象着自己父亲过世,却又无从想象,或者——

2. 他们的爸爸也过世了。

健康食品商店的女士把所有玻璃瓶都给她,她要多少个浮水蜡烛,五金店的老板都悉数送她。她盯着卧室墙壁问妈妈,爸爸在哪里出生?但是母亲没回答,米莉便去问图书馆的管理员,因为她肯定是世界上最老的人。她们翻遍档案库的旧学生照,找到她爸爸的照片。他以前看起来更消瘦,更聪明,更利落,不过是她的父亲无误。天色渐暗之后,她蹑手蹑脚走过妈妈身边;母亲只穿着内衣,在黑暗中看电视。当天晚上又热又湿,电视里正在转播板球,她妈妈不喜欢板球,所以米莉知道妈妈没在看,但是爸爸喜欢这项运动,也许这就是妈妈看电视的原因。玻璃瓶在米莉的背包中铿锵响,她的母亲动也不动,那一整天她都没动过,只有米莉从冰箱端一碗葡萄放在她身边时,她才拍拍米莉的头。那晚米莉摸黑走过时,葡萄还好端端地摆着。

米莉溜到空地那棵大树边,爬上爬下地把点了蜡烛的玻璃瓶挂到树枝上。接着又用浮水蜡烛在树木前面的地上拼出"爸爸"的字样，再把剩下的蜡烛在底下排成一直线，那是她做过最长的破折号。

　　米莉点亮所有蜡烛，坐回草地上。她俯卧着，双手在地面交叠，下巴就靠在手上。杂草被她的身体压断，刺进她的皮肤。那年夏季格外干热，树上的蜡烛飘荡，地上的烛火摇曳。天空有星星，而且树上和地上似乎都有，仿佛米莉把星空铺满了全世界。她起身，在夜空周围闲逛，纳闷天上的爸爸是不是也正在做着同样的事情。

　　一阵风吹过街道，犹如几个月前捧着蜘蛛的那晚。她听到玻璃瓶撞击树木，看着地上某些蜡烛被吹倒，青草上出现星星火苗，吓得她踉跄地往后退。火势本来很小，最后演变成大火，烧过整片空地。米莉看着火势越烧越烈，夜空消失无踪，她退到小路上，高温烘得她发疼，余烬往外喷，玻璃瓶哔啪响后便爆裂。她拔腿狂奔，只能拼命跑。最后找到远处有棵树，便爬到树上。整条街都醒了，人们纷纷出来，水桶、水管齐出，消防车也来了。米莉从她的秘密藏身处往下看，没有人知道她在那里。天亮之后，米莉回家，因为最后总是要回家，难道不是吗？警方拿着她的背包，看着米莉的母亲仿佛是毫无生气的画里的人。米莉的肚子深处发疼，她也不知道该如何道歉，因为这是她闯过最大的祸。

米莉·伯德

怎么样？黑发女孩说。一切发生得那么快，女孩点了火柴，火光闪亮，她把火焰凑到曼尼衬衫上，米莉想拒绝，但太迟了，女孩已经点燃了曼尼的衬衫。

米莉起身，退后一步，火沿着衬衫往上烧，砰砰。砰砰。砰砰，火焰烧得更高，就像是一棵火树，接着她冲向曼尼，她不知道该如何灭火，只能挥手、吹气，还感觉到火焰接近皮肤的热感。她有说爸爸吗？她不记得了。总之那就是她爸，**就是她爸爸**，她看着火苗烧成火球，**妈妈对不起妈妈对不起妈妈对不起妈妈对不起**，然后她咳了又咳，一遍又一遍。

专业打字员卡尔

　　米莉在地上狂咳，她抬头看卡尔，他觉得自己心都要碎了。有什么比看到孩子眼中的恐惧更悲惨？曼尼着火了，着了火，酒保拿水管喷，扑灭了火势。旁边还有一个小女孩——她从哪里冒出来的？怎么一瞬间到处都是小女孩？——她手上拿着火柴，卡尔还无法串连两件事情，只能跪在米莉身边。她边咳边哭，他一手捧着她的脸颊，转身看另一个小女孩说，你做了什么？他知道自己不该对小女孩大吼大叫，尤其是陌生的孩子，然而事情就这么发生，她也开始哭，但是卡尔不在乎。有个男人说，冷静点，老兄，那是我的女儿，卡尔知道这时候老兄两个字有讽刺的意味，他也想以其人之道还治其人之身——他有这么做过吗？他曾经用过这个称呼吗？他起身，走向那名男子。卡尔比较高，这好歹是个优势吧？然后他说，我说老兄啊——他还特别强调老兄，脱口说出来感觉真痛快，如果他经过这次还能活下来,以后还要这么用——如果你女儿没这么恶劣,我也不必凶她了。

刚刚还和他把酒言欢的斯科蒂或琼西或粉碎机或随便谁此时两手掐住卡尔,卡尔使劲拉开,虽然开始咳嗽,依旧用不稳的膝盖撞向对方的腹部,男子弯腰,高脚椅被推到地上。卡尔两手放在自己的脖子上——以前不知道被勒住的感觉,也很感激有这次经验——他说,抱歉,老兄。"斯科蒂琼西粉碎机"抬头对他咆哮——对他咆哮?没错,他真的是在咆哮——然后冲向卡尔,但是卡尔猜对方向,两人就在酒馆里笨拙地跌来撞去。"斯科蒂琼西粉碎机"追着卡尔,卡尔感到自己躲过了每次攻击,跨过椅子和小朋友,还用桌子挡开对方。但是如果他诚实面对自己,"斯科蒂琼西粉碎机"有点胖,卡尔很容易就能跑得比他快。接着,卡尔只能说那是一时分心——每个伟人总有失手的时候吧?——他忘了闪开,"斯科蒂琼西粉碎机"便抓住他的衬衫,把他拉到面前。两人撞到一起,手肘互碰,双手乱摆,仿佛双方都想挖开泥土,免得被活埋。

白色泡沫从上方喷出,覆盖他们。两人分开,边咳边咕哝,卡尔往后退,用手抹掉眼睛上的泡沫。刚才经历一阵扭打,手掌的伤口裂开,鲜血汩汩流出,卡尔觉得有点晕眩,但是抬头看,从泡沫、红土和汗水中,竟然看到阿加莎·潘瑟。她的头发蓬乱,呼吸急促,拿着灭火器的模样仿佛在残暴战争中杀红了眼。她秀出灭火器，犹如提着盟友的项上人头，那股气势似乎表示接下来就轮到他们。

她看起来他妈的不可思议，以致卡尔根本无法移开目光。

你做了什么好事？阿加莎质问。

刚才那阵骚动导致他忘了米莉，他怎么可以忘记米莉？他指着另一个躲在餐桌下哭个不停的小女孩，说，你问她。米莉还躺在吧台边，那小小的身躯，那小小的身躯，他因此想到伊芙，想到她瘦弱的身躯，我永远在这里，小伊。但是胖子"斯科蒂琼西粉碎机"说，你给我等等，老兄，又冲向卡尔，蹲下来抓住他的腰，把他往墙上推。阿加莎拿灭火器喷他们，卡尔勉强保持镇定，起身用袖子擦脸说，我不是你的老兄，老兄。

闭嘴！阿加莎大喊。你们都给我闭嘴！你！她指向酒保，给我冰水！酒保有点犹豫。还不快点？

酒保立刻开始行动，在吧台后面忙了一阵子，递给她两大瓶水。

你拿好，阿加莎对卡尔说，他也只能照办，努力对酒保挤出一个微笑。

阿加莎边咕哝边弯下去把米莉扛上肩。米莉咳嗽着说，每件事都让我好痛苦。

我知道，阿加莎走向酒馆门口。卡尔拖着步伐走在她们前面,先用身体一侧帮忙推开门。阿加莎经过他身边时,看都不看他一眼。

卡尔跟着她走到停车场,她开车门时,他才停下来。这是谁的车?

阿加莎似乎没听到,否则就是听而不闻。她把米莉放在后座,转身面对卡尔。水,语气平坦,对他伸手弹指。卡尔递出一瓶水,她一把抢过来。他从驾驶座旁边的窗户看着阿加莎把瓶口放在米莉嘴边,喝吧,米莉,喝了就好多了。

米莉接过水,随便啜饮几口便闭上眼睛。

卡尔想起她眼中的恐惧,想保护她的心情油然而生。你不会有事的,贾斯特·米莉。

阿加莎关上车门,开始踢卡尔。

嘿,卡尔开始抵挡。

你应该看着她!

你只会嘴上说说。

阿加莎从地上捡起树枝,举起来走向他,准备打人。

嘿,卡尔躲到树后。等等,你别过来,住手。你真恐怖,你听见没?你是我见过最没礼貌的人,你丈夫当初一定求死心切。

卡尔因为自己这番话而感到震惊。该死。该死该死该死。阿加莎,我不是这个意思,这不是我的真心话——

失物招领

阿加莎开始大叫。但是不是字句，只是声音，仿佛来自腹部深处的呐喊。卡尔双手捂住耳朵，因为音量实在太大，附近又没有东西挡着，那些叫声只能被大地吞没，隐入苍穹。

阿加莎踩着脚走向卡尔。她站在他面前，距离非常近，他的脖子能感觉到她的鼻息。两人站在原地，四目相对。卡尔完全猜不透她会做什么，光想就令他颤抖；她总是怒气冲天，但是他没见过这个模样，不知道她还会出哪一招。她把树枝丢过他的头，两手抓住他的颈背，他几乎要失声尖叫，但是她用嘴唇盖住他的嘴，吻了他。

这不是深情的长吻。短暂、粗鲁、干乎乎，但依旧是个吻。阿加莎迅速抽身，双手抱胸瞪着他看，卡尔则是目瞪口呆。

就这样！阿加莎大叫，转身走回车上。

阿加莎载他们驶过漫长的红土路。卡尔看着尘土在车后漫天飞，他们的车似乎会喷出火箭云，一路向前冲。他扭头看米莉，她已经侧躺睡熟，曼尼刚融化的手臂就放在她的腰上。

这个世界对米莉而言太辛苦，他也不知道该如何告诉她。他真想把她用袋子背在背上，带她去见识见识美丽的事物。她走在砖墙顶端时，他想走在旁边陪她，也想告诉她，世间万物都有音乐，只要闭上眼睛，看着脑海中的音符就行了；他想告诉她，把刚看完的书放回书架上有多令人心满意足；还有那些字字句句，他只想把美丽的字给她看，告诉她每张书页有多美。他想带她欣赏所有美好的事物，而且永远不想让她看到丑陋的事情。

他转身面对前方。你从哪里弄来这辆车？他问。

阿加莎不回答。

他摁下按钮打开门锁，又关上，打开又关上。他想着刚才那个吻，那是他最性感的经历。啤酒、红土、斗殴，还有女人当众抓住他脖子直接亲。她握着方向盘的姿势，就像是"握着那东西"，就像是深谙如何"掌握事物"的人；她坚毅地注视前方道路的模样似乎做好万全准备，无论眼前出现袋鼠、蛇或世界末日，都无所畏惧。她撞到兔子没尖叫，钮扣一路扣到脖子的态势就像是不准任何人触碰。

阿加莎转头看他，他对她眨眨眼。

你眼睛怎么了？

没事，卡尔望出窗外，感受车子在他双腿下的震动。这里真的什么也没有，对不对？他把脸靠在车窗上。

阿加莎并没有立刻回答，眼神直视道路前方，两手紧紧地抓着方向盘。这里什么都有，她回答。

米莉·伯德

　　米莉醒来时,车子已经停下来,外面天色昏暗,车门开了又关。

　　她会

　　怦

　　我们只是

　　不会超过

　　怦

　　好吗?

　　卡尔打开后车门,在米莉腿上盖了一条毛巾。

　　我们到墨尔本了吗?米莉说。

　　还没,米莉,卡尔说。

　　卡尔抱抱她,那感觉就像是她爸爸抱着她,她低声说,我梦到他了吗?卡尔说,谁?米莉说,他是我编造出来的吗?因

米莉·伯德

为她确定那是个虚构的人物,但是卡尔说,不是,米莉,然后他说,我们马上回来,贾斯特·米莉,他关上车门。车里好暗,她说,我死了吗?但是没人回答,因为他们已经离开。每个人都会离开,她的问题就悬在眼前的黑夜中,犹如鬼屋里的白骨。她坐起身,看着他们走开,然后抱紧曼尼,用力闭上眼睛。

阿加莎和卡尔

阿加莎标准时间的早上：旭日逐渐东升，就是介于夜晚和白天的时刻。今天阿加莎没错过这一刻。他们听到海浪拍打悬崖的波涛声，站在车子几百米外的矮树丛里，两人面对面。

卡尔一只手放在阿加莎的脸颊上，这种触感并不令人觉得不快。你的脸颊好柔软！他突然大声说。

阿加莎微笑。你的手让我觉得很舒服！她也喊回去。

我要把另一只手放在你另一边脸颊上！卡尔大声说。

好啊！

卡尔站得更近，双手捧着阿加莎的脸庞。他无法清楚看到她，因为天色还没全亮，他的视力又不好，但是他可以感受到她的体温，也喜欢她的肌肤在他手中的感觉。你好香！他大声说。

她回喊，你应该脱掉衬衫！

他退后，解开衬衫钮扣。你应该脱掉外套！他大喊着把衬衫丢到一旁。

阿加莎解开外套扣子，丢在他的衬衫上。手臂太细！她对他大吼。

对！他低头看，再抬头看她。脖子很平滑！

汗衫！她大叫。

他把汗衫拉过头，和其他衣服丢在一起。脑袋上的头发竖起来。上衣！

我可以看到你的肋骨！她边解开上衣边大叫。

我可以看到你的胸罩带子！他边喊边弯腰解开鞋带。鞋子！

胸膛还算马马虎虎！袜子！

我想摩擦你的脚！裤袜！

我想把头靠在你的胸口！裤子！

发达的小腿肌肉！裙子！

两人都脱到只剩内衣裤，一脸震惊地看着彼此。周遭越来越明亮温暖，他们在对方眼中不再只是模糊的轮廓。

卡尔站在阿加莎面前，全身只剩四角裤。他瘦骨嶙峋，胸膛长满茂密的胸毛。手臂、乳头周围和手肘的皮肤松垮，呈现可悲的 U 字形，仿佛有人把那些皮肤往下掐。她靠近他，直到距离近到他的胸毛随着她的气息摆动。

阿加莎任凭卡尔打量她。她身上到处是一团团、一坨坨、一块块，有好多肉让卡尔想一脸埋进去。她的胸罩不是闹着玩的，卡车陷入泥沼时，可以用她的胸罩把车子拖出来。衬裙上方的腹部往外凸，胸罩旁边也钻出许多赘肉。

她有点吃力地坐下，两条腿往前伸。卡尔也照办，同样也觉得不太灵活。他们往对方身边靠，两张脸凑得很近。他们都发现对方有很多皱纹，阿加莎看到他耳朵里的毛多过她所想象，卡尔则看到阿加莎下巴上长了一根毛。两人闭上眼睛接吻。

然后他们做了"那件事"，因为即使是老年人也是这么称呼它，"那件事"。

过程并不优雅，也不会令人想看特写。一切都不如以往，而且他们还得暂停，拍掉鼻子上的红土。阿加莎从头到尾都没脱掉胸罩，因为这是全新开始的大日子，总不能一次用尽法宝。他们得摸索身体哪些部位还能正常运作，哪些已经停工；必须花许多时间揣测对方。这样可以吗？卡尔说。这样还行吗？阿加莎说。过程太慢又太快，他们始终没搞对，虽然不完美，却温暖又刺激，卡尔也尽情地发出许多老头子的声音，阿加莎则是头一次那么久都闷不吭声。卡尔说，我们有手真是太幸运了，对不对？因为他喜欢抓住她腹部的感觉；阿加莎点头，因为她喜欢被抓住。卡尔突然坐起身，想到该如何排列伊芙留下来的打字机键，他说 GO FOR IT（放手去追吧）。阿加莎说，我是啊。卡尔说，不是，那是——他差点说出伊芙的名字，那就太离谱了；因此他躺下说，没什么，阿加莎也不再追究。太阳东升，天气变暖，天光大亮，他们知道自己应该打麻将，坐在椅子上，泡茶，写信给孙辈，而不该在沙漠中缠绵，这么做让他们觉得自己像是电影明星，因为只有电影明星才会在日出时在悬崖边缱绻。卡尔心想，我可以演自己，我比保罗·纽曼还厉害，他死了，我还活着，我还活着。新鲜空气吹拂他们的皮肤，感觉很痛快，这种享受的心情自有一种美感，他们活了很久，值得享受这一刻。肌肤拍动、飘动、摇晃、摆动、下垂，感觉就像飞翔。阿加莎忍不住高举双手，尽情享受风吹的感觉，这种心情如此真切，卡尔则是无法从她身上移开目光，他们凝视彼此许久许久。阿加莎从未觉得在这个躯壳里这么开心过，总是觉得不该处在这副身体中，她没说话，她说不出话。

他们做完"那件事"之后，彼此相互依偎，感受着皮肤上的冰冷尘土，互相搀扶着起身，欣赏太阳准备开启全新的一天。阿加莎说，你知道，我爱他，就是罗恩。

我知道，卡尔回答，并且在周遭的土地上写下，卡尔和阿加莎到此一游。

米莉·伯德

米莉睡醒。掐掐自己。她没死。她看着曼尼,他的手臂已经完全融化。她的手指掠过他的脸,他的衬衫黏在身上。她把保冷套举到面前看,用手指画过澳洲图案的边缘。她不知道自己现在身在何方,只能想象保冷套上有个红灯会发亮,还有个霓虹标志指出,你在这里。她下车,绕着车子走。卡尔?她瞧瞧车底下,然后爬到车顶。阿加莎?

太阳开始照亮万物。车子停在巨大悬崖上,她站在崖边,强风吹着她的衣服,吹得它们像水一般起了涟漪。米莉的披风在背后飞扬,她伸出双臂,仿佛准备飞翔。大海在很远的下方,这里好空旷,拍打悬崖和岩石的浪声大得震耳欲聋。

她很惊讶崖边竟然有个男人,大概离她五十米远,背对她把高尔夫球打进海中。她看了一会儿,看他把球杆举到肩膀后方,然后看着球被打到远方,先高高飞起,再落到远方的大海里。不知道当那颗球会有什么感觉；她想象自己飞越空中，披风翻腾着，然后速度飞快地往下落啊落，掉进海洋，一个大浪就吞没她。

她走到他身边，你总有一天会死的，你知道，她说。

靠！他跳起来，转身面对她，手中还举着球杆。要命了，亲爱的。他打量着她背后，你是刚刚经历了太空船坠毁吗？

不是。到墨尔本要多久？

你爸妈呢？

准确来说是几公里？

天啊，亲爱的，可远了。我不知道，大概一千五百公里？

你可以带我过去吗？我有重要的事情，今天非去那里不可。

不行，他说，我要去相反的方向。

好吧，她叹气，转身离开，因为她已经**受不了**大人和他们的承诺，受不了他们什么也不帮你做，她决定无论再小的事情都要自己来，因为她只有自己可以信任。她知道无论自己暗自下定任何决心，她一定会做到；别人说的话可不一定，也许是真的，也许是假的，她再**也受不了受不了受不了**了。她知道卡尔和阿加莎去了某个地方，丢下她，她知道母亲不希望被找到，但是她不在乎，她是葬礼队长，她决定怎么做就这么办。

你还好吗，亲爱的？

你爸妈呢？

他们死了

你不明白

你只是个大人

她打开车门，爬到曼尼身上，温柔地亲吻他的额头，就像以前爸爸对她一样，然后把他拖出车子，走向悬崖边。他的身体在地上画出直线，红土在晨光下闪闪发亮。她要坐着他飞到墨尔本，她就打算这么办，而且现在就去，因为没有人会带她去，没有人会帮她。她必须坚强，她会一手挟着他，她要跳下去。她会像高尔夫球般飞越天空，但是不会掉下来；卡尔、阿加莎和她妈会后悔，他们会非常非常后悔，而且全都会说，**米莉对不起米莉对不起米莉对不起米莉对不起，我们非常对不起你，米莉。**

阿加莎和卡尔和米莉

卡尔和阿加莎像青少年似的走回车边。卡尔拍打阿加莎的臀部，她也真的笑得花枝乱颤。他们身上有红土块，头发翘得乱七八糟。两人互望时，彼此之间的空气会颤抖。阿加莎觉得女人都会嫉妒她，而且这就是她此生唯一的愿望。

然而——

米莉？卡尔走到车边，转身大喊，米莉？

阿加莎把脸凑到车窗边。米莉？她的气息吐在玻璃上，米莉！她对另一个方向呼喊。

他们绕着车子跑，找过车底和车顶。两人米莉米莉叫个不停，仿佛那是神奇魔咒的最后一个字。他们找不到她，而且周遭一片平坦。阿加莎原地打转，四处探望，希望米莉的身影会出现在眼前。她望向悬崖边，还得靠在引擎盖上才不至于跪下，因为某个令她腿软的念头突然浮现脑海：没错，就在那里，她就在那边，只有那里有可能。在那里就活不了的念头致使她双腿打不直。

卡尔看到一个男人扛着一根高尔夫球杆走来，对方步伐轻松，简直令人觉得无礼至极。不好意思，卡尔跑向他，请问你有看到一个小女孩吗？他在旁边比划，说明她的身高。阿加莎在风中只听到男人说，墨尔本和不对劲、拖着东西走向悬崖。

她看着卡尔抓住对方的衣领说，你怎么没阻止她？男人推着卡尔的胸口，手拿开，老兄。阿加莎深吸一口气，走向悬崖边。

阿加莎在恐惧的驱使下加快脚步。她听得到两个男人在她背后彼此漫骂，但是她已经懒得大叫，不想再听到人们提高音量说话，尤其是她自己。面前的大海无边无际，没有尽头，就算看起来像对岸的地方，她也知道那不是。她在崖边几米外止步，跪下来俯卧。匍匐着前进，小石子摩擦着双腿。这个动作痛得她哀号，她抓住崖边往前探。

米莉，她呼喊，但是声音随即消失在风中。她叫了又叫，似乎想叫醒沉睡的米莉。阿加莎看着大海，察看她的踪迹，但是什么也看不到。她杀了她，她杀了这个小女孩，这都要怪她，都是她不好，她把脸埋在土里啜泣。

结果——阿加莎？

阿加莎迅速抬头，望向声音的来源，远处似乎有东西，但是她没戴眼镜，无法看清楚。米莉？

阿加莎，有人微弱地回答，那一定是米莉。因此阿加莎沿着悬崖边，爬向声源。她看到她了，她抓着塑胶人偶，站在悬崖边突出的崖石上，那块地方就像生着闷气的下嘴唇。

米莉，阿加莎不知道该说什么。要说什么？怎么知道要说什么呢？

米莉抬头看她。那孩子正在哭，阿加莎从没见过她如此情绪失控。走开，阿加莎，她说。我不需要你，我自己就很好。

对不起，米莉，阿加莎爬得更近。那块崖石看起来不太稳固，仿佛随时会崩落。

你才不觉得。

不要动，阿加莎说。她回头想找卡尔帮忙，但是他还在跟那个陌生人吵架。

你不能指使我，阿加莎·潘瑟，米莉转过头。

对，阿加莎说，我不能。

你一定会离开我。

阿加莎再度望向车子，希望卡尔过来，希望他能来帮忙。底下的海洋搞得她头晕目眩，但是她逼自己往下看。阿加莎说，没错，我有一天会离开你，人生就是这样，米莉。空气清新冷冽，浪涛声音大得惊人。但是我们都还活着时，能当朋友不是很好吗？

我决定了，阿加莎，米莉说。你无法阻止我，没有人阻挡得了我。

对，米莉，阿加莎想也不想就这么脱口说出，她可以稍后再思考，这就是为人母的心情吗？靠本能行动？不顾自己的身体，只想着孩子？她往下滑到崖石上，手臂和双腿都擦伤了，她却毫无感觉，因为她的眼睛只盯着米莉，只想抓住她，只想到她身边去。然而阿加莎离她还很遥远，她永远够不着她。她跪着往前爬，想叫她，却发不出声音，喉咙仿佛锁死。她无助地看着米莉紧抱着那个愚蠢的塑胶人偶，往前方的海洋迈进，阿加莎闭上眼睛，停止呼吸，希望自己窒息着死去，因为她实在无计可施。

但是停止呼吸片刻之后，她发现旁边很温暖。阿加莎睁开眼睛，米莉就站在她身边望着底下的海洋。阿加莎顺着她的目光，看到那个塑胶人偶往下坠落，坠落，坠落。米莉的披风就绑在他的脖子上，片刻之间，他似乎正在飞翔。他落入海中，激起小小的浪花，然后便随着海水漂荡。

阿加莎坐起身，深呼吸；这口气不只是呼吸，她将这刻的所有微小原子都吸入肺里。米莉用袖子擦擦眼睛，坐在阿加莎身边。被遗弃是什么意思？

一连串的海浪就像举着手的小学生。阿加莎迟疑了一下。

在这片风景中,每个念头、每次呼吸、每个动作都如此重要。一字一句似乎都意义非凡。就是被丢下,她回答。

是弄丢?

差不多。阿加莎没看米莉,伸手紧紧握住她的手。

卡尔找到她们时,他的衬衫破破烂烂,头发也乱七八糟。他帮她们爬上崖石,然后拥抱她们两人。阿加莎转述他塑胶朋友的遭遇,卡尔假装无所谓。米莉说,他们可以共享曼尼的腿,卡尔似乎觉得很开心。他们上车,离开这个海湾,在发生一连串刺激事件的这片景色中,真切地感受到彼此的存在。阿加莎倾听着静谧。米莉把手放在窗户映射出的手上。卡尔微笑着,因为他在引擎盖的尘土上写了**我们正在这里**。

米莉、卡尔和阿加莎不知道的事情

十年后,阿加莎会坐在卡尔的病床边,看着他的生命在她眼前流逝。米莉会在其他国家,没赶上他临终,但是她会回来参加葬礼。她在悼词中会说,卡尔是我最好的朋友,而且会故意用现在式。三个月后,阿加莎会过世,是米莉发现她的遗体,她就死在摇椅上,而且米莉会相信她看起来既快乐又悲伤。最后,米莉也会死,就像所有生命终有尽头,留下一个前夫和两个成年子女。那会是意外，发生得很快，最后的念头根本不成念头：我将会——

然而他们现在都不知道。

因为现在，米莉、卡尔和阿加莎循着原路开车回去。

重新认识世界

我见到的第一具尸体就是妈妈的。其实事实并没有说起来那么戏剧化——我就在该看到尸体的地方，也知道我就要看到了——然而我还是很震惊。那是个小房间，她的棺材就放在中间，室内到处都是摆放得相当有技巧的鲜花。她闭着眼睛，身体周遭是白色绸缎，缎布还挤到她身上。我记得自己当时想，她的皱纹都不见了，那不是她会化的妆，而且她的衬衫一路扣到脖子上，嘴角往下弯（我从没见过她这个模样）。她的身体没有我所熟悉的隆起与纹路。还有那个现场灯光，一切的一切都像某种古怪的商店摆设。

那个词：哀悼。我在有所需要之前从来不需要这个词，一旦需要，光是这个词也无法应付。就像米莉，我猜多数西方世界的孩子都一样，第一个让我见识到死亡的是布里，我家养的狗。当时我不在家，始终没见到它的尸体，因此外婆家柠檬树旁那个小土丘在我心中没有特殊意义。后来是弗朗西丝卡，那是我们住在美国时，某个讲话大声又常露齿微笑的朋友。回到澳大利亚之后，有一天爸妈带我回房间，关上房门，"她的心跳停止了。"妈妈哭泣着。我等他们离开之后才开始哭，我不知道自己从哪里学来的，知道在人前哭泣很丢脸。我在日记中写道，"有人死掉，感觉坐立难安。"我完全不知道这句话是什么意思，也怀疑当初的我根本不理解。但是我确切记得自己装出悲伤的心情；也记得没那么伤心所带来的愧疚感。当时我九岁，已经交了新朋友，弗朗西丝卡的身形已经变得模糊不清，毫无意义了。

我反复阅读凯瑟琳·彼得森①的《通往泰瑞比西亚之桥》，每次看到莱斯莉过世都泪流满面。我不清楚自己为何如此热衷于这种情绪。长大之后，每次看到遥远的国度有人过世，我也会哭。四个祖父母里有三个老死，我在他们的葬礼上流泪，有时也会在房里或被子里哭泣；然而我是为他们哭，不是为自己。我哭的是哀伤老迈，惋惜人生难逃一死，难过于世事无常。

我和这些哀悼之间总是隔着一段距离，中间隔着种族、山、海、年纪、理解；透过表象传递。

---

① Katherine Paterson，美国儿童、青少年文学作家，代表作《通往泰瑞比西亚之桥》（Bridge to Terabithia）已改编为电影《仙境之桥》。

然而 2006 年 1 月 27 日,我妈却因为不该发生的事情上了头版:"大门失灵压死人",大写字体又粗又黑,死讯如此接近,死的人有可能是我。

哀悼这个词被强压到我身上,但是我选择将它拉得更近。罗伯特·尼迈耶[1]教授同意弗洛伊德的说法,他说,在二十世纪的西方文化中,人们认为哀悼是"'宣泄'的过程,借此放手,让死者安息,'继续'过日子,并且渐渐'走出'丧失亲友所致的沮丧情绪,重拾'正常'举止。"所以,哀悼是人们必须忍受的过程,会停止。在论述丧亲的文学创作中,他指出,"现代对哀悼的概念逐渐扩张到异常详尽……有所谓'复杂'与'单纯'的哀悼,还有'解决'这种情绪的假设阶段。"这些阶段,或文学作品中所谓的阶段模式的概念——即古今中外,哀悼都依照一定的顺序发展——普及于二十世纪七十年代,首见于伊丽莎白·库布勒·罗斯[2]论述死亡与临终的作品。她说,病人被诊断出患绝症时,会经历"否认及孤立""愤怒""讨价还价""沮丧"和"接受"。这种模式开始主宰西方文化对哀悼的看法,尼迈耶认为,理由是因为这些模式与走出丧恸有关,可以给人慰藉,或是提供"显然相当有权威性的地图,走出哀

---

[1] Robert Neimeyer,美国教授、哀伤辅导大师,著有《走在死亡的幽谷:悲伤因应指引手册》。
[2] Elizabeth Kübler-Ross,美国生死学大师,著有《论死亡与临终》。

悼的浑沌"。

我可以理解人们希望利落地整理哀悼情绪，毕竟大家都希望生活有条不紊。我们读小说读得如此痛快，不就是因为这个原因吗？然而随着二十一世纪的到来，开始有人强烈抵制这种对哀悼阶段的完美区分方法；"新浪潮"出现，主张哀悼就是毫无秩序可言。《澳大利亚人对死亡的看法：二十世纪澳大利亚改变哀悼的做法》作者帕特·贾兰指出，心理学家已经"修正这种早期'阶段'模式理论"，认为"最后'接受'死亡的阶段往往遭到刻板阐述，以为就是'结束'伤痛，或是远离死者"。另外一位推动这种"新浪潮"的哲学家托马斯·艾提格说："哀悼几乎一定是错综复杂的——之所以说是'几乎'，乃是因为死者若与我们不亲密，我们便不会格外伤心……之所以说是几乎'一定'，乃是因为一般而言，哀悼绝对牵涉到重新认识我们眼中的世界。"

"重新认识世界"对我而言，始于越南的胡志明机场。当时父亲在电话中说："我有非常严重的坏消息要说，你先准备好。"此后的事情都模糊不连贯。登机柜台的女士不客气地说："你是怎么回事啊？"尽管我拼命努力，却发现自己说"我刚听到母亲过世"时，没办法忍住不哭。飞机上坐在我隔壁的男子说，"你是不是感冒了？"屏幕上的 CNN 广告不断重复"这架飞机降落时，世界将有所改变。"有个小男孩让他的母亲一刻不得闲，我赫然发现从今以后无法不注意其他母子。抵达墨尔本机场时，我扑到家人怀中；见到他们，这个噩耗瞬间变得再真实不过。报纸头版的照片里有我妈妈的车和骇人的白布。得知母亲过世之后的第一个早晨，又得想起坏消息。我的身体出现明显变化，原来这件事情不只影响心理。每天早晨和兄弟坐在妈妈家阳台，分享我们的美梦、噩梦，一起哭泣、欢笑或静默不语。我确信，就是这些过程救了我。母亲生日时，我和兄弟们一起在沙滩写讯息给她。因为某种希望或直觉，我们把字写得超大。我时常觉得有另一个人借我的嘴说话。地毯沾上花粉污渍时，我们不知道该求助于谁。在妈妈的遗物中找到一封我写给她的信，信里说我爱她，还用了大量的形容词；我如释重负地啜泣："她都知道。"后来办了葬礼，不再有人送鲜花，邻居不再拿炖锅来，也不再有人登门拜访，事后的寂静竟是如此嘈杂。

日后，我在爱尔兰博物馆看到叶芝说的一句话，让我想起妈妈刚走的时候："这一切都变了，彻彻底底地改变：可怖之美就此诞生。"

起初，丧恸的我看世界就像一块电视屏幕。我突然有此感受，仿佛置身事外；电视里的人似乎都看不到我。我因此有种古怪的心情，自觉不会犯错，自觉脆弱不堪。电视玻璃终于——粉碎？被冲破？裂开？其实没有这么夸张，也没有这么清楚的界线；一点都不井然有序。应该说是渐渐消失，我不知

失物招领

不觉就遁入屏幕的另一端。

我还观察到其他事情：有些事情可以做，有些做不得。没有人告知我有这些限制，一切都是出于直觉。我不能在超市嚎啕大哭。我不能说我妈死了，要说她过世或走了。然而我妈惨死，报上又简洁扼要地说"大门失灵压死人"，这种说法实在太过委婉，仿佛我们说话和写字用的是两套规则。我开妈妈出事的车不该感到开心，然而我很喜欢开那辆车时，觉得她就在我身边的感觉。我不该要验尸报告并且详加研究，也不能询问警方事发经过。警方出示当天试图救我妈的男子的证词，以及事故现场照片，他睁大眼睛屏息说："我抽掉其他照片了。"当时我便了解了两件事情：某个地方存放着母亲死亡的照片；此人很害怕我会要求看那些照片。我在身边人的脸上看到这些"不可以"；这些人都非常慈悲、和蔼，闪烁的眼神却明白点出有些事情我就是做不得。

"重新认识世界"的过程对我而言，牵涉到书写自己的哀恸。塔米·柯里威尔[①]在她的《谢绝安慰：弗吉尼亚·伍尔夫，第一次世界大战暨现代主义者的哀悼》书中说，这就是伍尔夫在多数作品中所做的事情。她写道："她在文中无止境的哀悼促使我们拒绝慰藉，忍受丧恸，接受责任，扛起缅怀过去的艰难

[①] Tammy Clewell，美国文学教授。

任务。"柯里威尔还认为,这种哀悼方法"坚决依恋已失去事物的精神",并非某种"令人衰弱的忧郁症,而是有创意,又有建设性地回顾前尘往事。"柯里威尔说,伍尔夫知道她的"小说也许能登场,为失去表达哀悼管道的文化提供某种共通的哀悼行为……方法就是创造某种社会空间,以及表达哀悼的共通语言。"

身为哀悼的人,撰写关于丧恸的小说对我而言又有何意义?我"得以"牢记母亲,"忍受丧恸"?这件事情也许还能帮助我的创作?(这就是叶芝提到的"可怖之美"?)我可以利用写小说痛快哀悼,因为我难以找到可以痛哭的空间?也许吧。但是除了我自身的伤痛之外,还有其他因素。路易丝·德萨尔沃[①]说:

伍尔夫需要观众倾听她对自己人生的证词,见证、证实她赋予自身经历的意义,让她知道她并不孤单。伍尔夫相信,唯有观众的存在,我们才能超越自身的限制,才能理解生命的真正意义,一如马娅·安杰卢[②]所言,透过写作,"我"成了"我们"。

写《失物招领》时,我越来越清楚,诚如柯里威尔所说,这是"创造某种社会空间,以及表达哀悼的共通语言。"当然,

[①] Louise DeSalvo,美国作家,著有《偷情》《晕眩,以写作疗伤》。
[②] Maya Angelou,美国作家、诗人。

这不同于柯里威尔提到伍尔夫时所指涉的态度——她是西方文化之于哀悼的革命先驱——意义没那么深远，只是阐述我的个人经验，以及我可以和他人产生的连结。在社交场合，人们开始攀谈时通常会问，"你的小说主题是什么？"最后却说到他们自己的丧恸经验，有时甚至泪流满面。起初，我们只是两个"我"，后来便成了"我们"。我们似乎都想讨论伤痛，却不知从何说起。也许是不知道何时该提。写这本小说时，我发现丧恸是可以用言语描述；也许，我一开始只要说出来就行了。

C·S·刘易斯[1]在自传《卿卿如晤》结尾提到妻子过世所带来的无尽伤痛：

> 我本以为可以描述出某种状态，描绘一张哀伤的地图。然而，哀伤原来不是某种状态，而是一个过程。需要的不是地图，而是历史，如果我不任性在某个时间点停止撰写那段历史，就没有理由不再写下去。每天都有新事物可资记载。

丧恸并不像叙事弧[2]一般简洁利落。这种心情不会结束，无法"收尾"；并不是从头到尾把那些情绪经历一趟。哀悼不是这个，也不是那个，而是错综复杂的许多层面。批评二元法或

---

[1] C. S. Lewis (1898—1963)，英国作家，以《纳尼亚传奇》闻名于世。妻子是美国作家 Helen Joy Davidman。
[2] narrative arc，小说或故事的铺陈顺序，图示看起来就像金字塔图形。包含"阐释说明"（exposition）、"情节加温"（rising action）、"达到高潮"（climax）、"情节转弱"（falling action）、"收尾"（resolution）。

阶段模式只是简化哀悼过程,这种说法并非新观点;关于这种论调的理论有很多。然而哀悼的过程就我而言却是前所未见,而且我每天都有新发现。每天我都从自己身上,从我的写作,从别人身上,从周遭事物中更多地认识丧恸。

驾驶着母亲的车子在珀斯闲逛,"重新认识(我)眼中的世界",在我有生之年,我会前前后后、上上下下、左左右右穿越哀悼的不同过程。我渐渐明白,哀悼已经融入我所做的每件事情,我所说的每句话,我所写的每个文字中。无所不在。

布鲁克·戴维斯[①]

[①] 本文系作者 2012 年发表于 TEXT: *Journal of Writing and Writing Courses* 的文章节录。全文见以下网站:www.textjournal.com.au/oct 12/davis.htm